A MISTERIOSA HISTÓRIA do CA.DI.RE.ME.

A MISTERIOSA HISTÓRIA do CA.DI.RE.ME.

Tatiana Filinto

© do texto: Tatiana Filinto
© desta edição: Boitatá, 2023

Direção-geral	Ivana Jinkings
Edição	Thais Rimkus
Coordenação de produção	Livia Campos
Assistência editorial	Marcela Sayuri
Revisão	Denise Pessoa
Diagramação	Antonio Kehl
Capa	Veridiana Scarpelli

CIP-BRASIL. CATALOGAÇÃO NA PUBLICAÇÃO
SINDICATO NACIONAL DOS EDITORES DE LIVROS, RJ

F518m
Filinto, Tatiana
   A misteriosa história do ca.di.re.me / Tatiana Filinto. - 1. ed. - São Paulo : Boitatá, 2023.
   120 p.

   ISBN 978-65-5717-257-5

   1. Cartas brasileiras. 2. Ficção - Literatura infantojuvenil brasileira. I. Título.
23-86059   CDD: 808.899282
                 CDU: 82-93(81)

Gabriela Faray Ferreira Lopes - Bibliotecária - CRB-7/6643

Todos os direitos reservados.
Nenhuma parte desta obra poderá ser utilizada ou reproduzida sem autorização da editora.

1ª edição: novembro de 2023

BOITATÁ
tel.: (11) 3875-7285 | (11) 3875-7250
Rua Pereira Leite, 514 – Sumarezinho
05442-000 | São Paulo-SP
contato@editoraboitata.com.br
boitata.com.br

🅕 editoraboitata | 🅘 editoraboitata

Não deu tempo de lhe entregar este livro em mãos, pai, mas talvez, de algum jeito, você o receba. Eu o dedico a você, o maior contador de histórias em silêncio que conheço.

E também à minha Quiqui.

E à minha mãe, Antô.

Ao Joaquim e à Marina, preciosos companheiros de vida.

E às crianças do Bonete, cada uma delas.

Eu sou o cheiro dos livros desesperados.

"Reconvexo", Caetano Veloso, 1989

Daqui de São Paulo, 29/9/2012

Loli,

acredita que minha mãe me mandou uma carta? Uma carta mesmo, dessas que chegam pelo correio. A gente mora na mesma casa, mas a carta veio pelo correio. Eu sinceramente não entendo os adultos. Achei que nossos pais não escreviam cartas, que era coisa do século passado, dos nossos avós ou até bisavós. Você vai dizer "mas é mesmo" e vai dar risada, conheço você, prima, mas cheguei da escola e em cima da minha escrivaninha tinha uma caixa, não muito grande, retangular, meu nome, meu endereço e selo. Dentro: uma minissaia jeans e a carta. Vou contar o que aconteceu...

Na semana passada eu quis usar minha minissaia jeans preferida. Ia sair com uma amiga e a saia estava na casa do meu pai, ou melhor, na casa do amigo dele, que é onde meu pai está morando. Acho que agora vai ser dessa forma. Acho também que minha mãe percebeu que fiquei triste. Ela me falou mais ou menos assim: agora eu e o João temos um mundo alargado. É, acho que foi isso, você sabe, sua tia inventa palavra mil vezes ao dia. Bom, ela falou: um mundo alargado, com casas diferentes e coisas boas aqui e lá, e que ninguém precisa de coisas repetidas em dois lugares. Ela até tentou ser fofa e fazer piada, disse que quem repete é papagaio, mas eu não ri. E aí, agora, recebo a tal caixa com carta e saia dentro.

Vou colar a carta da mamãe junto com a que estou escrevendo neste caderno grande, assim fica mais fácil você entender o que passou pela minha cabeça. Pode ser? Você cola, além da carta pra mim, o que achar importante e quiser que eu veja. Ou o que quiser deixar pra memória. Tipo um diário feito a quatro mãos! Um caderno-diário-registro-memória! Um ca.di.re.me.! Não me pergunte como cheguei a esse nome... O que você acha? Assim, a gente aproveita e testa seu novo endereço!

Loli, você já recebeu alguma carta de verdade?

Um beijo,
Ju

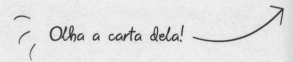
Olha a carta dela!

Filha, alguns casais se separam. Não é algo que as crianças possam controlar. Nem nós adultos sabemos o que vai acontecer num casamento. O afeto entre duas pessoas pode mudar durante o tempo em que estão juntas: um sentimento de amor, como era quando seu pai e eu nos conhecemos e vivemos durante um bom tempo, pode virar outro – o de amizade, por exemplo. Ou outros ainda. Pode mudar radicalmente. Virar do avesso. Não sei como você e seu irmão têm visto e compreendido nossa separação, minha e do papai. Você tem vontade de falar sobre isso? Se quiser, estou por aqui, Julia. Ou não precisa ser comigo, escolhe alguém especial para trocar, partilhar. Só não silencia. Você se lembra do livro *A menor ilha do mundo*?

Mandei esta carta pelo correio, você certamente vai me achar meio maluca, mas me deu muita saudade da forma que me comunicava com meus amigos e minha família antigamente. Tive saudade da carta que eu aguardava ansiosa. Daquela que chegava inesperadamente. Da carta que aproximava quem estava longe, mas não só! Na nossa família, acontecia mesmo com quem estava perto. Eu me lembro até hoje do cheiro dos envelopes, acredita, Ju? Eu e algumas amigas tínhamos coleção de selos, e me lembro dos cartões-postais. Dos papéis de carta. É algo muito carinhoso e que neste momento particular eu quis resgatar.

Vi que ficou triste por causa da saia, filha. Você ia sair com sua amiga, e a saia que você ama estava no papai. Acontece e vai acontecer muito de querer algo que está noutro canto, mas desta vez me tocou dum jeito diferente: a decisão foi nossa, no mundo dos adultos, e aquela saia faltando num momento tão especial me doeu um pouquinho.

Daí que pensei em lhe dar de presente uma nova minissaia jeans! Uma para ficar com as suas roupas na casa que o papai está, outra para ficar aqui em casa. Algumas pequenas e preciosas coisas vale a pena duplicar. Outras, arrisco dizer, você e seu irmão experimentarão diferentes aqui e ali, e nem por isso vai ser ruim. Diferentes. Talvez até boas. Ruins também. Vida, né?

Um beijo carinhoso,
mamãe

Daqui de Minas, 3 de outubro de 2012

Oi, Juju!!!

Carta pelo correio nunca recebi, só nosso ca.di.re.me. Você foi ao correio, mesmo? Nem acreditei quando vi uma caixa pra mim na mesa da sala, fiquei muito feliz. Me conta como tem que fazer? Quanto custou? Dessa vez meu pai vai deixar no correio pra mim a caminho do trabalho dele. Mas não se preocupe, eu que vou fechar a caixa. Ele e meu pai Miguel fizeram de tudo para eu mostrar o que tinha dentro. Respondi que era um livro que a gente estava lendo juntas. Falei que quando uma acabava um capítulo mandava pra outra, até terminar. Primeiro, meu pai perguntou quantos capítulos tinha o tal livro. Menti dizendo que 47. Depois ele quis saber o nome do livro, autor, editora. Eu disse que era segredo nosso. Sabe o que meu pai falou? Que sairia o livro mais caro do mundo de tantas idas e vindas pelo correio, hahaha. Mas meu pai, que às vezes parece a sua mãe, fica se esforçando para ver o lado bom das coisas e disse mais ou menos assim: "Já eu estou adorando a ideia de um livro viajar de São Paulo para Poços de Caldas e daqui para lá nesse vaivém infinito, prova que a distância pode não ser um problema enorme na vida das pessoas", e não lembro mais por onde ele foi com as palavras... Meu pai Miguel entra numa falação, socorro! Da próxima vez que devolver o ca.di.re.me. (aliás, adorei o nome!), eu mesma vou ao correio. Quanto menos adulto na história, melhor!

Mandei beijos dentro da caixa, junto com minha carta!

Ah! Preciso contar uma coisa que aconteceu da última vez que eu fui pra São Paulo com meus pais, naquele fim de semana que a gente entregou a chave do apartamento pra família que foi morar em casa, quer dizer, minha ex-casa. Enquanto a tal família não chegava, meu pai Afonso foi pro quarto que era dele e fechou a porta. "Isso não quer dizer nada", você vai dizer (te imitei), mas de repente comecei a ouvir um choro e achei que era do vizinho do lado ou de cima, qualquer vizinho. Depois reconheci a voz do meu pai. Mas não podia ser ele chorando. Claro que não. Mas a voz era dele (eu sabia, mesmo sem nunca ter escutado ele chorar). E o choro vinha do fim do corredor, e no fim do corredor só tem o quarto dos meus pais. E pro meu desespero comecei a ouvir uma voz-voz, não só voz de choro. E essa voz, porque chorar parecia não ser suficiente, falava sozinha alguma coisa que não dava pra entender. Eu não entendia. Meu pai Miguel talvez entendesse, mas ele não estava na sala, estava na área ou na cozinha, não sei.

Eu não conseguia me mexer pra avisar meu pai. Primeiro porque minhas pernas não se mexiam pra frente nem pra trás. Segundo porque me deu um pouco de medo de ele ficar bravo e não acreditar em mim. Nessas horas, Ju, ele não parece nadica de nada com a sua mãe. Se eu falo algo do Afonso, ele me olha dum jeito esquisito, parece esquecer que o Afonso, além de ser marido dele, é meu pai também. É difícil. Meu pai Afonso nunca tinha chorado, por que ia chorar na entrega das chaves para a tal família? Mas daí aconteceu a ~mágica. Tocou o telefone, e eu ouvi ele falar: "Oi, que bom que você ligou. Vem pra cá?".

Era minha avó (a outra, não a nossa). Acho que fiquei sem piscar e respirar até ela chegar. Acho também que eu só me mexi quando a campainha tocou. Vi no rosto do meu pai que ele estranhou minha avó ali naquela hora, disse que achava que a tal família tinha chegado e falou: "Antonia?!?". Vovó não falou oi pra ele nem pra mim (depois que tudo passou ela falou oi, Loli, e me deu beijo e me puxou pro colo dela como sempre faz, mas na hora da mágica acho que ela estava tão concentrada que não podia ver nem falar com ninguém) e foi direto pro quarto dos meus pais.

Eu não entrei, não tive coragem. Parei na soleira e colei a orelha na porta, que estava fechada. Foi aí que ouvi baixinho algumas palavras, uns sons. Vogais uma atrás da outra e de repente uma sequência de Rs e Zs. Não me pergunte, Juju, não consegui entender, mas meu pai não chorava mais como antes, foi parando, parando, até não chorar mais e começar a rir. Não conta pra ninguém, sei lá. Foi confuso. Não conta pros meus tios nem pro João – pelo menos por enquanto, depois a confusão aqui dentro de mim diminui e dá pra contar. Me diz se a sua mãe chora também?

Beijo,
Loli

SP, 10/10/12

Lolinha,

aqui em casa o João chora quase todo dia quando briga com os meninos vizinhos. Mas minha mãe nunca vi chorar. Tenho a teoria de que, quando alguém vira adulto, as lágrimas secam. Tipo assim, a gente nasce com um reservatório programado e vai gastando ao longo da infância (que é disparado o período de maior gasto do estoque) e continua gastando na pré-adolescência e na adolescência, aí acaba. Talvez alguns adultos estranhos que tenham chorado pouco quando crianças chorem o que sobrou quando ficam mais velhos. Acabei de pensar numa coisa que me arrepiou: ver mãe chorar é sorte ou azar?

Sabe que ela me irritou muito nesta semana quando veio falar "que demais, Julia, ter duas casas a partir de agora". Eu já não gosto quando ela começa qualquer conversa com "que demais, Julia"... "Duas casas, dois quartos, dois en-de-re-ços!", sabe assim, pau-sa-da-men-te? Odeio quando os adultos falam silabando. O que eles acham que a gente é? Crianças do prezinho? Pensei também que as únicas pessoas do mundo que devem ficar contentes com essa informação são os corretores de imóveis. Vê se eu não tenho razão: toda vez que um casal se separa, uma casa vira duas. Só não entendi direito quando ela virou pra mim e falou: sei lá o que (porque não lembro o que ela falou antes) e "seu pai voltar pra cá". Pra cá onde? Será que minha mãe vai se mudar daqui? E pra onde eu e o João vamos? Ou ficamos? Meu pai hoje mora com uns amigos num apê que tinha um quarto sobrando, e a gente, quando vai pra lá, dorme na sala. Tudo meio bagunçado... o João tá adorando, mas eu não. É um entra e sai o tempo todo, cansa. Um saco.

Um beijo pela metade,
Ju

Obs.: Loli, suas três respostas...

1. Eu que fui ao correio, mas minha mãe me levou e ficou parada na porta para ver se eu "me virava". Ela está com essa mania. Disse que com doze anos tenho que fazer coisas diferentes de uma menina de onze. Como se fosse muuuito diferente... Ela, na verdade, fala que desde os dez anos eu deveria fazer coisas sozinha, então, na cabeça dela, já estou dois anos atrasada nisso de me virar... Não vamos ficar assim quando formos adultas, né? Cobrando os filhos de tudo... Certeza que não vou cobrar nem fazer aquelas coisas pentelhas do tipo "como você não viu isso?", "como não sabe aquilo?", "por que não pensou antes?", "o que você tinha na cabeça, filha?". Sério. Não vou encher meus filhos (se eu tiver) pra nada. Serão livres e felizes.

2. Minha primeira ideia era usarmos a mesma caixa sempre. Ficaria lotada de selos e toda colorida,

mas assim que cheguei ao correio a pessoa que me atendeu jogou minha ideia na lata do lixo, amassada e picotada. É que eu e você iremos revezar destinatário e remetente, não sei como não pensei nisso antes. Tão óbvio. Se bem que nunca tinha ido ao correio e, até a carta da minha mãe, não tinha me ligado nisso dos lados do envelope.
3. Custou R$ 14,70.

Poços de Caldas, 23 de outubro de 2012

Juju, fiquei pensando num jeito de ajudar e lembrei que quando estou muito confusa eu faço tabelas, às vezes listas, às vezes desenhos. Outras vezes eu mando mensagem pra mim mesma no celular, mas é mais raro, porque, quando ponho pra tocar e vou ouvindo tuuudo o que falei, acabo pegando um papel e fazendo tabela, lista ou desenho pra organizar o pensamento, e isso me dá trabalho em dobro, hahahaha, não sei se recomendo. Dá uma olhada na tabela que preparei pra você e pensa bem.

Você

O quê	Quantidade	Coisas que não dá para dividir nem duplicar
Minissaia jeans	2	
Travesseiro	2	
Casa	2 A sua com seu pai, na casa do amigo dele, por enquanto (ou será para sempre?), e a sua com a sua mãe	
Cachorro	1	-
Quarto	2 Alguma hora deve rolar um quarto onde seu pai for morar e tem mais o quarto na casa da sua mãe. Ou não? Como vocês têm dormido na casa do amigo?	
Pai (tô perdendo de lavada de você, criei essa linha pra levar alguma vantagem hahahaha)	1	-
Irmão	1	-
Livros	Muitos, em dois lugares (esse amigo do seu pai tem filhos?)	
Sonhos	Muitos	Dá pra dividir sonho?
O maior segredo de todos	1	Ca Di Re Me
A melhor prima do mundo	1	-

Eu

O quê	Quantidade	Coisas que não dá para dividir nem duplicar
Minissaia jeans	1	
Travesseiro	1	
Casa	1	
Gato	2	-
Quarto	1	
Pai	2	-
Irmão	Ainda bem!!	
Livros	Só os que tenho aqui	
Sonhos	Muitos	Multiplicar acho que dá!
O maior segredo de todos	1	La Di Re Me
A melhor prima do mundo	1	-

Faz as contas, prima, e depois me fala.

Dois beijos grandes para você,

Loli

São Paulo 30/10/12

Já ouviu alguém falar "Sampa"? Eu não. Papai falou outro dia. Disse que é um apelido de São Paulo bem velho e cooooooomo eu não sabia???

Olha, eu sei que agora vou ter algumas coisas a mais, Oli, mas não queria nada disso. Nem ficar esquecendo um troço numa casa quando vou pra outra, nem ter de decorar as "novas" manias de cada um, tipo não pode comer no sofá de jeito nenhum numa das casas e na outra é de boa. Juro. Dá raiva. E o pior é conviver com "fala pro seu pai que..."; "ele não mora mais aqui, então não importa como vocês fazem por lá"; "pede pra mamãe, vê o que ela acha, se ela tem, se ela deixa"... O bom seria se eles estivessem juntos, ou melhor, que eu tivesse só uma minissaia e um travesseiro, numa casa só. Acho que você entendeu. Ou não?

Mas agora é certeza que terei de fazer outras tabelas ou listas. Minha mãe e meu pai contaram no domingo que eu e o João vamos nos mudar da nossa casa para um apartamento, longe da escola, sem meus vizinhos, e eu e ele estamos morrendo de medo de o Caqui não ter coragem de andar de elevador e sentir falta de um quintal ou algo do tipo. E se no prédio não deixarem ter cachorro? Disseram que algumas coisas da sala, do meu quarto e da cozinha vão, outras talvez não. Na mesma hora, pensei: tudo o que não é de sair, como o móvel grandão da sala ou o box todo desenhado do banheiro, fica. E o que sai, desgruda, é solto, vai. Até fiz uma poesia (mas não mostrei pra ninguém, só pra você aqui, tá?).

O que é de sair sai.
O que é de ficar fica.
O que tá preso,
não solta,
fica.
Todo o resto vai.
(Pra onde, me diz?)

Rimei "fica" com "fica"; minha professora não gosta, mas é que minha cabeça não está muito criativa nesses dias…

Um beijo só para a única casa que você tem,
Ju

Ah, lembrei: você fez duas perguntas na tabela. Eu e o João dormimos num colchão no chão ao lado da cama em que meu pai dorme e no sofá da sala. A gente reveza. Só meu pai não reveza. Esse amigo não tem filhos, e não é só ele, são dois amigos, sem livros para nossa idade. Você não perguntou, mas com certeza era isso que queria saber.

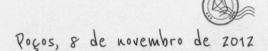

Poços, 8 de novembro de 2012

Ju, meu poema seria assim:

    Tudo saiu.
    A casa,
    a escola,
    a padaria,
    a banca,
    os melhores amigos.
    Na verdade, não é isso.
    Tudo ficou.
    Quem saiu fui eu.

Gostou? Você vai mudar de casa, mas e eu que mudei de cidade e de estado, prima?!? Lembra que, com a história da carta da sua mãe, você deu a ideia de a gente escrever uma para a outra num caderno único e mandar pelo correio para testar meu novo endereço? Você dizia que, se o carteiro, que é a profissão mais antiga do mundo (você tem certeza disso?), chegasse a Poços de Caldas, todo o resto chegaria. Não sei se você tem razão, mas eu já aaaaaaamo ir ao correio e quando chego da escola corro pra ver se a caixa com nosso ca.di.re.me. está na escrivaninha. Às vezes dou sorte de estar em casa quando o carteiro toca a campainha e corro para receber eu mesma nossa caixa. Caixa de papelão com meu nome! Sabia que eu sou a que mais recebe coisas aqui em casa? Mais que meus dois pais juntos!

Um beijo encaixotado, com cheirinho de papel de carta de chocolate da minha coleção. A coleção! Me manda dentro do ca.di.re.me. um seu, da coleção da vovó, e eu te mando um meu, e vamos ver como eles chegam: amassados, inteiros, rasgados, com ou sem cheirinho.

Loli

São Paulo, 15 de novembro de 2012

Lolizinha, hoje aprendi uma expressão bizarra, mas que faz sentido: "Mais perdido que cachorro em dia de mudança". Já ouviu alguém falar isso? O moço da empresa que está colocando METADE DE TUDO daqui de casa em caixas ficou repetindo isso para o Caqui. Bagunçava os pelos dele e falava: "Está mais perdido que cachorro em dia de mudança, né, cachorrão?". Daí dava uma risada e continuava: "Você é cachorro, não pode reclamar, mas esses dois aqui...", e apontava pra mim e pro João, "esses dois estão com cara de bem perdidos!".

Eu não falei com esse moço. Fiquei olhando, tentando adivinhar se era meio bruxo, meio mágico, como sua avó, só que disfarçado de empacotador. Como ele sabia da gente? Será que estava na cara a confusão? Loli, não sei se você viu de perto a sua mudança, mas eles enrolam o tapete até virar uma salsicha e embrulham. Colocam tudo o que é pequeno e as coisas de que a gente mais gosta dentro de uma caixa enorme e escrevem: "Frágil". Minha coleção de lagartixas, que faço desde que nasci, sabe? Junto com os bonés e as pulseiras coloridas. Até envelope do trabalho da minha mãe e peças de jogo do João. Tudo junto e misturado! O João fez uma coisa estranha: amarrou o Caqui na árvore do quintal e, quando perguntei por quê, ele disse que era pra não empacotarem o coitado.

Agora, a maior novidade do Universo! Sabe por que escrevi as palavras "metade de tudo" bem grandes no início da carta? Ontem meus pais falaram para eu e o João pararmos o que a gente estava fazendo e pediram atenção. Foi engraçado, parece que ensaiaram o que iam dizer, ele falava um pouquinho, ela olhava pra ele com cara de "isso, isso mesmo", aí ela continuava do ponto em que ele tinha parado, depois era a vez de ele fazer cara de "isso, isso mesmo", e foram assim, nesse rodízio, até anoitecer. Mas, OLIVIA, sabe o que significa METADE DE TUDO? Eles deram um jeito de o meu pai ficar por mais algum tempo na casa onde a gente sempre morou, a casa que você conhece. Não é maravilhoso? Foi por isso que o moço da empresa de mudança ficou louco: só metade dos móveis, das roupas, metade do quarto – metade da casa saiu; metade ficou. Meu pai disse que vão colocar a casa à venda, e enquanto não aparecer comprador a gente vai ficando... Preciso dizer qual é minha torcida secreta?!

Beijo bem apertado e encaixotado,
Juju

Obs. 1: o papel de carta chegou inteiro e com cheirinho de Loli ♡ ♡ ♡. Você mandou aquele de gato, que é o que eu mais amo! O de "moldura" vermelho-escura cheia de florezinhas brancas, parecendo aquela trepadeira agarradinha na frente do portão da vovó! Foi por isso que você escolheu esse? E, ocupando quase todo o papel, o contorno do corpo do gato gordo e fofo com o rabo pra cima. É ali que é pra escrever, né? Sempre que olho o gato, penso: vou escrever a carta normal no corpo e os segredos espremidos no rabo comprido.

Obs. 2: anota esse novo endereço da casa da minha mãe. Você pode escrever tanto para um quanto para o outro. Eu recebo nos dois!

Obs. 3: vamos colocar mais linhas naquela tabela. Terei duas camas: a minha e a outra minha. O João também. Duas crianças, quatro camas. Que desperdício!

Obs. 4: é meio bizarra essa coisa de separação de pais, porque algumas coisas ficam pela metade e outras são duplicadas. E outras, ainda, passam a não existir mais. Você já tinha pensado nisso?

Este CA.DI.RE.ME., nosso caderno-diário-registro--memória, pertence às inseparáveis primas Julia e Olivia. Por favor, se alguém achar por aí, devolva em um dos três endereços abaixo:

Mãe + Julia + João = rua Alegrete, 340, ap. 42 cep: 05632-000 São Paulo/SP

Pai + Julia + João + Caqui = casa que você já conhece, rua Dr. Galindo Júnior, 181 cep: 05442-000 São Paulo/SP

Afonso + Miguel + Zizi, a gatinha manhosa + Jiló, o gato fujão + Olivia = casa que vou conhecer logo, logo :) ♡ rua Ribeirão Grande, 54 cep: 04678-001 Poços de Caldas/MG

A palavra "guarda" é realmente esquisita, tipo guarda-móveis, guarda-roupa, guarda um filho, uma filha, hahaha. Mas ela reclamava muito, era uma página inteira de tópicos. Dizia que os pais amavam a tal guarda compartilhada, que falavam pra ela que nunca foram tão felizes, indicavam pros amigos casados acharem um jeito de fazer guarda com-partilhada mesmo sem se separar, que a qualidade da convivência com as crianças tinha melhorado muito. Listava benefícios como a "multiplicação das referências familiares e sociais"; "negociações facilitadas por um ser mais flexível que o outro ou mais firme que o outro". Fora os novos namorados e namoradas que poderiam ensinar outras visões da vida, e não parava por aí, Ju. Juro. Então, não sei bem o que pensar quando você escreve que é meio bizarro esse negócio de separação de pais, algumas coisas ficando pela metade, outras a mais e outras passando a nem existir. Sei lá, a carta da menina me deixou pensando mil coisas. Será que separação só é algo bom pros pais, exclusivamente pros adultos?

Beijo,

e me levasse direto pra São Paulo. ☻ Você não pode vir uns dias antes do Natal? Promete que vai perguntar para os seus pais? Imagina a cena: eu, você, Zizi, Jiló, milhões de gibis, nosso ca.di.re.me. das primas inseparáveis, churros, polvilho, balas... Já pensou?

Ah, você perguntou, e eu não respondi. Minha casa entrou inteira num caminhão, e o que não foi ali meus pais apertaram no porta-malas do carro, no meu colo, em cima do meu pé, atrás da minha cabeça, debaixo dos bancos, no porta-luvas, dentro da caminha dos gatos, enfim, foi tanto aperto que fiquei com medo de que a partir daquele dia os pensamentos saíssem espremidos e achatados da minha cabeça. Ou de que eles se soltassem e voassem por aí buscando espaço. Tinha tanta coisa no carro que até respirar foi difícil.

Ah, ontem peguei uma lista feita por uma menina da minha turma (que não é minha amiga, lógico). Ela provavelmente se arrependeu ou ficou se sentindo culpada de escrever aquelas coisas, daí amassou, mas esqueceu debaixo da mesa. Eu peguei porque achei que ela estava falando mal de mim pra todo mundo, mas não era isso, coitada. Era uma lista com este título: "Guarda compartilhada na visão dos meus pais".

Queria que sua empresa de mudança me encaixotasse Ju... Quando você vem pra cá? Quando, hein? mil vezes pior que as aulas tediosas da escola daí. escola, a hora do recreio é a mais terrível de todas, com requeijão nem aquele pão doce com creme. Na vizinho, a padaria não vende aquele pão na chapa nesta cidade. Não tenho vizinho amigo nem amigo Gostou, Ju? Tudo invertido, como a vida aqui

Poços de Caldas, 24 de novembro de 2012

1º/12/12

Prima, nosso ca.di.re.me. estava na casa da minha mãe, e eu dormi três dias seguidos na casa do meu pai, por isso não consegui colar esta carta antes. Queria já ter ido ao correio, vi que você precisava, que estava toda INVERTIDA. Desculpa? Olha, Loli, mudar de escola no meio do ano é complicado, mas será que no ano que vem não melhora? Lembra aquele seu vizinho, como ele se chamava mesmo? Cufa, lembrei! Ele chegou sozinho, na mesma situação que você, sem amigos na rua nem na escola, e você foi a primeira a procurá-lo para dizer oi. Fiquei até com ciúme de tanto que vocês grudaram.. Fala se não é verdade.

Pensa nos livros. São os mesmos daqui. Os jogos. Além disso, você está morando no lugar que faz o melhor doce de leite do mundo. Minha mãe disse outro dia, soltando fumaça pelas orelhas, que o síndico do prédio PROIBIU o João de jogar bola no térreo e desenhar com giz no chão. Ela dizia: "Sua prima é que tem sorte! Um dia vamos morar no interior!". Como pode alguém proibir brincadeiras com bola e giz?! Tudo o que vinha na minha cabeça era o mapa-múndi marcando com alfinete vermelho um único lugar neste mundo: Poços de Caldas.

Obs.: vou perguntar pros meus pais sobre ir praí. Agora tem que perguntar pra um, depois pro outro, daí eles se falam por mensagem ou falam pra eu falar com um e com o outro, e só depois é que eu vou saber. Superagilizado.

Poço encantado recheado de doce de leite, 7 de dezembro de 2012

Acho que você tem razão. Ju, ontem fiz uma amiga na escola: Nanda. Não contei do ca.di.re.me. Caso ela vá em casa um dia (não tive coragem de convidar), eu escondo. Pelo menos por enquanto. Se ficarmos bem amigas, aí mostro.

Meu pai contou que vocês vêm para cá alguns dias antes do Natal. Fiquei tão feliz! Já estou organizando o quarto. Tem espaço pras suas coisas, pode trazer o que quiser. Fiz uma lista com os lugares mais legais daqui. Outro dia, meu pai Afonso descobriu uma pista de skate que o João vai adorar e que tem os melhores churros de doce de leite do Universo. Verdade cabal. Você sabe o que é "cabal"? Aprendi hoje com o professor na aula de história: perfeito, completo. Sabe quando a gente fala uma verdade verdadeira, sobre a qual não se tem dúvida? Os melhores churros com o melhor doce de leite do Brasil.

Lolinha

SP, 13/12/12

Olivia, oi. Falta pouco pra gente ir pra sua casa. Vai ser muito delícia. Você está estranhando minha carta assim meio distante, minha letra zero caprichada? É que ouvi uma coisa que não entendi direito. Aconteceu na cozinha da casa do meu pai, quando fui pegar água. Vou tentar escrever exatamente como foi, ok?

Lugar: cozinha
Horário: 21h30
Dia: hoje
Participantes: meu pai e o amigo dele, o Gil, que você não conhece e não é o mesmo que emprestou um quarto pro papai, pra mim e pro João.

Meu pai — Namorando? Mas já apresentou pras crianças?

Amigo do meu pai — Não, ainda não.

Lugar: meu quarto e do João
Horário: 22h10
Dia: hoje

Participantes: meu pai e eu

Eu — Pai, você vai namorar?

Meu pai — Por quê?

Eu — Porque o Gil, seu amigo, está namorando.

Meu pai — Não estou pensando nisso, Julia.

Eu — Mas vai ou não vai?

Sabe o que ele fez? Não respondeu, se levantou da minha cama (ele estava sentado na beirada), olhou para mim e deu um beijo no João, que já estava dormindo! Pensa, meu irmão já estava dormindo, e eu, que estava acordada e falando com ele, não ganhei beijo! Daí olhou para mim de novo e saiu.

Será que seu professor de história entende desse tipo de história mal contada?! Você acha que vou ter de chamar a pessoa de mãe ou de segundo pai? E se a pessoa exigir que eu chame de mãe ou pai? E se não gostar de ser chamada pelo próprio nome? Será que tudo duplica, como duplicam as casas? E se ele começar a namorar e depois acabar o namoro, conhecer outra pessoa e depois outra e outra? Oli, você sabe se terei que mudar de casa dia sim, dia não, ou se meus pais vão pensar em um intervalo mínimo pra gente não pirar? O que você acha de uma semana? Um mês, talvez? Um ano com minha mãe, ano seguinte com meu pai. Imagina mudar de casa toda semana levando travesseiro e coberta e minha luz da mesinha e meu coelho (esquece que é ridículo eu dormir com o coelho desmilinguido até hoje, pensa em mim agora).

Pensa na sua prima a partir de hoje levando duas ou três broncas em vez de uma, como você (e, antes que você retruque, explico: uma da minha mãe, outra do meu pai e, quando eles chegarem a algum consenso, a terceira dos dois juntos e certamente por vídeo, pois eles não se encontrarão com facilidade... só de pensar, quero morrer!). Eu já imagino os dois discutindo até o infinito, tentando fazer um concordar com a ideia do outro, e aquilo que eu quero se dissolvendo. E tem o lance da minissaia. Aposto que ela escreveu aquela carta pra se desculpar de todo o trabalho que será ter tudo em casas separadas.

Você, que fez aquela tabela, pensa em tudo isso e tenta me responder, por favor? Me deu um pânico, sabe? Imaginar um monte de irmãos além do João, mil outras famílias de avós e tias e tios e primos, sei lá quantos natais (se bem que pensei aqui na possibilidade de os presentes também aumentarem), tanta coisa que não sei.

A primeiríssima coisa que farei amanhã será ir ao correio com esta carta, pois, se eu pudesse, ligava pra você e contava tudo o que está passando na minha cabeça, todas as minhocas, os mosquitos, as aranhas e os pernilongos, mas tenho medo de eles escutarem e ficarem chateados comigo ou bravos ou tristes e tenho medo também de o João escutar nossa conversa. Então vai por aqui, o melhor lugar do mundo pros nossos segredos ☺

Loli, assim que eu chegar a Poços, vamos direto pro seu quarto ler o ca.di.re.me., deitadas na cama, desde o começo? Daqui a pouco acho que teremos que comprar outro caderno!

Promete que vai pensando em tudo o que perguntei? Fala assim, mentalmente: "Eu, Olivia, prometo pensar no que minha prima inseparável pediu que eu pensasse e prometo ter resposta para todas as perguntas que ela me fez nesta carta assim que ela pisar em Poços de Caldas. Assinado: Olivia".

Um beijo minhocado,
Julia

Obs.: não me mate por tantas perguntas, Loli. Nem sinta preguiça de me ajudar. Tive naquela noite um sonho muito doido em que acordava num mundo sem porquês. Te vejo agora lendo esta carta e franzindo a testa: "Oi? Sem porquês?". Pois é. Então, por favor, não deixe de responder ou pelo menos pensar sobre tudo o que escrevi – imagina o horror de viver num mundo assim. Apenas sossegue: isso não existe, não existiu e não vai existir. Sabe por quê? Porque não dá pra imaginar o impensável, prima. Só mesmo no fundo da nossa cabeça.

O sonho: eu saía na rua, mas não era bem uma rua como essas que a gente conhece, e sim um caminho entre dunas lotadas de gente caminhando como eu. Pareciam pontos de interrogação com pernas e braços, errantes como eu. Algumas pessoas se destacavam da multidão: usavam botas (pesadas demais para andar na areia) e uma roupa de tecido grosso, parecia uniforme, muito diferentes de mim e das outras pessoas. Eu parei na frente de uma delas e perguntei: "Por quê?". Tomei um susto e, agora te contando, sinto o susto aqui no peito, prima. O susto foi a resposta que essa pessoa deu: "Aqui não há porquê". Você consegue imaginar um lugar assim? De arrepiar. Brisei completamente, né? Só sei que acordei estranha.

— Loli! Loli! Loli! Loooli! Abre o portão! Que lindo! Portão azul baixinho e muro branco. Parece casa de gibi, não parece, mãe?

— Julia, vem tirar sua mochila do carro. João, dá para sua irmã, pede para ela carregar. Você já tocou a campainha, filha?

— Esqueci! Toquei. Agora é só esperar... LOLI!

— JULIA! Aimmmmm, que saudade!

— Sua casa é muito mais bonita do que eu imaginava, prima! Parece casa de gibi. Contei cada minuto das três horas e meia de viagem.

— Jura?

— Cada minuto não, mas perguntei o tempo todo se estava chegando. Não foi, mãe?

— Nossa! E como foi! Já não aguentava mais responder "falta estrada ainda, Julia"... Quando João leu na placa "Bem-vindo a Poços de Caldas", achei que sua prima ia ter um treco.

— E o cadireme, Lolinha? Cadê? No seu quarto?

— No meu quarto? Como assim, Ju? Você não trouxe na mala???

— Não, coloquei a caixa no correio cinco ou seis dias atrás, acho. Você não recebeu?

— Não... Espera, vou perguntar pros meus pais.

— Ah, olha eles ali no portão.

— Pai, pai, vocês viram por aí o cadireme ou a caixa de papelão que vem do correio?

— ...

— Não???

— Loli, você não leu minha última carta? Contei uma história que ouvi na casa do meu pai. Queria tanto que você tivesse lido. Tinha tantas perguntas. Tive um sonho muito maluco, também, e contei na carta. Na verdade, meio perturbador.

— Conta, Ju.

— Acho que não consigo, prefiro que você leia, tenho um pouco de vergonha de falar o que escrevi ali. Fiquei confusa com uma conversa que ouvi entre meu pai e um amigo dele. Dessa conversa aconteceu uma cena ridícula no quarto e depois o sonho. Na carta tinha todos os detalhes de tudo. Sabe aquela sensação de perder o trabalho ou a redação no computador logo antes de entregar, coisas que só ali estavam ditas do jeito que a gente queria? Então.

— Conta, Ju, vai falando que os detalhes voltam.

— Não, não voltam. Depois a gente fala sobre isso.

— Promete?

— Prefiro mesmo que você leia.

— Quero muito saber da conversa, do sonho, Ju, mas, se não acharmos, começamos um novo a partir de hoje. Não fica tão aflita.

— Nem passa pela minha cabeça perder toda a nossa troca; precisamos muito achar nosso cadireme, prima.

— Olha, Julia, ou ele está em casa, ou vai chegar do correio a qualquer momento.

— Vamos procurar, Loli, prefiro não ficar parada esperando aparecer. Que tal começarmos pelo seu quarto, depois sua casa, seu bairro, sua cidade...

— Não exagera, Julia! Daqui a pouco você vai dizer: nosso planeta.

— Pelo cadireme, vou até Marte!

— Volta, Ju, volta. Minha casa e o correio são bem mais perto que Marte, e eu quero saber o que aconteceu com você e seu pai e o sonho perturbador.

— Coisa esquisita. Nem sombra do cadireme na sua casa.

— Isso nunca aconteceu, né, Ju?

— Nunca. O correio nunca falhou. Deve ter sido o Natal que fez tudo atrasar.

— Sabe que ainda dá tempo de irmos até o correio tirar essa dúvida. Podemos ir, pai? Deixa, tia? Vamos a pé, fica a dois quarteirões daqui. Prometo que em vinte minutos estaremos de volta!

— Julia, leve o código da caixa postada.

— *Postada?*

— Sim, a caixa que você postou no correio. Guardei o papel na carteira. Pede para o funcionário do correio rastrear.

Do outro lado da rua, dona Zulmira, uma senhora meio corcunda e miúda, olhava através da cerca feita de plantas as duas meninas conversando. Fingia regar o jardim com o esguicho, mas estava mesmo era com os ouvidos na casa de número 54 da rua Ribeirão Grande. Com frequência enfiava a mão no bolso esquerdo do avental que protegia o vestido. Ali, apertava o botão de + de um aparelho bem pequeno, retangular e fino. Observava as duas meninas perto do portão azul. Encostados no muro branco estavam os vizinhos da frente, pais de uma daquelas garotas, uma mulher adulta e um menino mais novo. Gesticulavam, pareciam procurar alguma coisa. Demonstravam ter intimidade uns com os outros. Seriam parentes? Falavam alto.

Aquela senhora havia sobrado ali naquela casa, sem familiares nem muitos amigos que a visitassem com frequência. Dona Zulmira enrolou lentamente a mangueira, sem desviar o olhar do movimento das crianças. Ouviu os pais de Olivia autorizarem a ida dela e da outra menina ao correio. Viu a menina desconhecida colocar um papel no bolso da calça. Teria que bolar algum plano depressa. Em vinte minutos descobririam que...

— Bom dia, dona Zulmira! Essa é minha prima Julia, e aquele perto do carro é meu primo João, irmão dela.

— Onde, menina Olivia? Não estou enxergando muito bem.

— Ali, na calçada em frente. Eles moram em São Paulo, onde eu morava, e vieram passar uns dias aqui em casa.

— Vieram pro Natal, foi?

— Não, vão embora no domingo, um dia antes — disse e olhou para a prima. — Julia, dona Zulmira faz o melhor bolo de limão com cobertura de açúcar que existe! — E continuou comentando com a vizinha: — Estamos indo ao correio. Desde que me mudei pra cá, eu e minha prima escrevemos cartas uma para a outra contando tudo da vida. Tudo o que a gente quer que fique só entre nós. As cartas vão num caderno enorme que colocamos dentro de uma caixa e mandamos de São Paulo para Poços e daqui de volta para lá. Nunca deu errado. Nunca.

— Hein? Não estou ouvindo muito bem esses dias, minhas queridas. Meu aparelho de ouvido está com a pilha fraca, não sei se é a captação de som ou se é a amplificação dos sons mais agudos que está com problema, mas o resultado é que não tenho ouvido muito bem. De todo modo, entrem, entrem, tem bolo fresquinho na cozinha.

— Obrigada, dona Zulmira, mas agora não podemos, precisamos pegar o correio aberto. Pode ser na volta?

— O que ela disse, Loli?

— Não entendi, Ju, acho que ela não escuta nem enxerga bem. Vamos, corre, a porta do correio ainda está aberta, já vi daqui!

— Boa tarde, meu nome é Olivia Passaredo, moro na rua Ribeirão Grande, número 54, e recebo mais de uma vez por mês uma caixa de papelão tamanho médio. Dentro tem um caderno de correspondências. Foi colocada no correio de São Paulo no dia 14 de dezembro, e o código postal é CBJK... acho que zero oito. Ou será letra "o" e oito? 76KT2. Já deveria ter chegado.

— Um momento senhorita, só um instante. Aqui mostra que essa caixa saiu de São Paulo no próprio dia 14, chegou ao centro de distribuição no dia 17 e foi entregue por um carteiro desta agência no dia 18 de dezembro na rua Ribeirão Grande, 54.

— Mas essa é a minha casa, senhor.

— Então está na sua casa, menina sortuda!

Olivia e Julia saíram do correio arrastando pontos de interrogação pela calçada. Não, a caixa parecia não estar na casa da Loli. E sim, Julia havia despachado o pacote pelo correio cinco dias antes – o papel que tinham em mãos comprovava.

Caminharam de volta cabisbaixas. Quando chegaram à rua Ribeirão Grande, passaram em frente à casa daquela senhora sem perceber a luz acesa no *quarto fechado*, que ficava ao lado da janela da sala, de frente para a rua. Era o único cômodo da casa que Olivia não podia conhecer (mesmo que a porta estivesse aberta) quando era convidada a comer bolo de limão com outras crianças do bairro. Nem Olivia, nem criança alguma.

Dentro da casa, a senhora meio corcunda e miúda mexia em duas caixas velhas de papelão repletas de cadernos pautados, receitas recortadas de revistas, embrulhos, blocos de desenho, cartas e fotografias. Era possível observar um discreto tremor nas mãos quando os olhos dela se demoravam sobre alguma foto ou papel semelhante a uma carta. Havia também um caderno de tamanho pouco maior que o convencional e diversos papéis soltos pelo chão. Anúncios, bilhetes, ingressos, como o que trazia de volta à memória a inauguração do aeroporto da cidade. Zulmira e uma amiga foram juntas, aos onze anos de idade. Essa recordação, dava para ver, pegava com ânimo, sem pestanejar.

Por que será que para alguns papéis, cartas e fotografias o tremor das mãos cessava e para outros aparecia?

Uma fotografia em preto e branco mostrava um prédio muito alto, e embaixo letras prateadas informavam: "Edifício Bauxita – o primeiríssimo prédio de Poços de Caldas!". Zulmira parecia estar dentro da fotografia. Fechou os olhos, balançou a cabeça e levou a foto ao nariz. Sentiu o cheiro. No verso, leu: "Tina e Zuzu, inseparáveis. Subimos de mãos dadas todos os andares do mais alto edifício da cidade!".

Em outra caixa havia convites para festa de casamento e formatura de escola, boletim da quinta série, canhoto de ingresso para o balneário Thermas Antonio Carlos, lugar onde brota água quente do chão, notas de mercado e uma pilha abracadabrante de envelopes amarrados com uma fita de tecido vermelho. Havia um formigueiro de "Para Zulmira Ponte e Silva", "De Albertina Oliveira". Um acotovelamento de envelopes "Para Zulmira P. e Silva", "De Tina Oliveira". E um oceano de "Para Zuzu", "De Tina".

Zulmira abriu com muito cuidado uma das cartas dessa última pilha, a que boiava no mar ZuzuTina. A letra enrolada e pequena da esferográfica saltava do papel de seda e exigiu que a senhora que já usava óculos com lentes grossas fosse ainda atrás de uma lupa. Letra de caderno de caligrafia. Junto à carta, uma fotografia. Calça jeans clara, par de botas marrons, camisa jeans um pouco mais escura que a calça e uma bolsa de tecido colorido atravessando o peito da mulher de cabelos volumosos, a franja farta relando os olhos ambarinos. Ela olhava para a câmera, mas o braço esquerdo ligeiramente inclinado para trás apontava a frase pichada no muro: "Poesia agora só do crepitar do fogo quando toca os livros desesperados". A senhora, num vaivém discreto com o queixo, para um lado e para o outro, parecia discordar da moça da foto; ou talvez quisesse repreendê-la de leve, avisá-la de algo que à época da fotografia não se sabia. Em seguida ajeitou a lupa e começou a ler.

Zuzu, comadre querida,

enquanto você dorme, eu te escrevo. Quando acordar, verá que amanheceu o dia 31 de dezembro de 1972. Não colocarei esta carta no correio. Desta vez deixarei eu mesma embaixo da porta da sua casa. Escrevi, vinte dias atrás, um longo texto para você, seis folhas de papel almaço, e fui ao correio pouco antes de entrar no trabalho. No entanto, percebi que você não recebeu a longa carta que te escrevi. O correio já não é o meio tão confiável de todos os anos anteriores. Eu te sondei com meias-palavras; sua resposta não mostrava ambiguidade, nada. Te observei por uns dias, porém não havia sinal na sua rotina comigo que pudesse demonstrar que você entrara em contato com o que eu quis e precisei te contar. Sua expressão era de amor e carinho, não havia preocupação excessiva, nenhum espanto.

Onde estava a carta endereçada a você, Zu? Foi interceptada? Alguém leu? Quem? Não chegou ao destino: suas mãos, seus olhos, sua escuta. E vi, desde então, meu futuro afunilar. Você bem sabe, Zuzu, escrevo na redação do jornal desde os meus vinte anos, e agora, aos quarenta e quatro, as palavras estão cada vez mais encolhidas, escondidas; escolhidas. Meus dedos ágeis na máquina de escrever já não têm muita serventia. Alguns daquela turma do trabalho que você conhece ainda parecem confiáveis. Mal podemos... ah, Zu, deixa pra lá. Você se deu conta? Faz quarenta e quatro anos que nos conhecemos! Quarenta e quatro anos que somos vizinhas. Deve ser muita sorte a nossa durante todo esse tempo não termos nos separado.

A única coisa que mudou foi a vista dos nossos quartos: antigamente, quando éramos crianças, era só abrir a janela pela manhã que eu via sua cama, a mesinha de cabeceira e, em cima, o abajur de borboletas. Hoje vejo meu quintal, pois me mudei para o quarto do fim do corredor, que é um pouco maior. Quarto que já foi dos meus pais.

Durante vinte anos, quem dormiu naquele meu antigo quarto de criança que dava vista para o seu foi minha Laura, sua afilhada. Sinto tanta admiração pela escolha que Laura fez em relação à profissão e sei que você teve um papel importante nisso. Nossa Laura, não é, Zu? Professora de estudos sociais no ginásio. Isso me enche de esperança. No quarto em que eu dormi e anos depois ela dormiu, hoje dormem Cacau e Pedroca, netos que amo, quando vêm me visitar. Pedroca, aliás, esse bebê tão pequenino, e eu, tão pouco tempo sendo sua avó... Ah, o tempo, minha cara amiga, o tempo. Você acha que não percebo, mas, quando minha filha me visita, Cacau corre com suas pernas de dois anos e poucos meses para sua varanda pedindo o bolo de limão de que tanto gosta. Não fosse você, ficava enciumada! O tempo, Zuzu, parece um bocadinho da cobertura do seu bolo, aquela de açúcar e suco de limão, que fica no canto da nossa boca.

Foi sua a ideia de mandarmos cartas uma para a outra, não foi? Sempre achei isso um pouco sem juízo, sendo nós vizinhas de muro. Mas você dizia: "Tina, minha melhor amiga, tem coisa mais gostosa que receber carta de verdade, com selo, envelope fechado com carimbo do correio, seu nome na frente e o meu atrás?". Juro que perdi a conta de quantas cartas trocamos. Eu sei que você anota na caderneta lilás as datas e o número das correspondências e guarda cada uma nas pastas de couro. Eu não conto mais. Guardo todas no baú de jacarandá que fica na sala.

Alguns meses atrás, fomos juntas à inauguração do Calendário Floral. Você dizia, emocionada, enquanto colhíamos limão do pomar: "Tina! Um calendário de verdade, só que feito de plantas e flores semeadas pelos jardineiros". Meu coração batia tão forte, Zu, você lembra? Fomos de mãos dadas como na inauguração daquele prédio, qual era mesmo o nome? Bauxita. Nele, lembro como se fosse hoje, nossas mãos suadas dos dezoito anos escorregavam enquanto tentávamos subir os milhares de degraus até o topo do edifício juntas... E a vez do aeroporto, Zu? Fugimos de casa, eu e você com onze, doze anos, e corremos para ouvir a banda tocar na inauguração. De mãos dadas. Sempre de mãos dadas. Amávamos estreias. Caminhando hoje cedo pelo Calendário Floral, pouco antes de me sentar para te escrever, percebi que amanheceu 31 de dezembro de 1972. Amanhã já não estarei mais sua vizinha.

Dona Zulmira deitou devagar a lupa em cima da mesa, tirou os olhos da carta, a memória ainda na amiga Albertina, quando percebeu certo volume de papelão sob a escrivaninha. O rosto ganhou, de repente, um brilho singelo, uma luzinha que banhava a parte branca e a parte colorida dos olhos daquela senhora; os cílios, havia muito curvados e escassos, ganharam viço. Puxou o volume de papelão para perto de si e alisou o caminho de fita adesiva que ajudava a fechar a caixa. Ia e voltava com o dedo. O que havia naquela caixa que parecia ser diferente das outras à volta? Hesitava em abrir? Seria algum diário que não gostaria de rever? Cartas de um período específico da vida dela e de Tina? Pequenos objetos de coleção, frágeis demais, velhos demais, já aos pedaços?

Enquanto Zulmira recolhia pedaços de sua vida no *quarto fechado*, Julia e Olivia matutavam o que fazer. Olivia é filha única, nem no irmão ou na irmã dava para colocar a culpa do sumiço do caderno de correspondências. Nos gatos, menos ainda. Se bem que Jiló, o fujão, andava com um comportamento bem diferente fazia uma semana. Olivia conhecia praticamente todos os passos do gato, sabia aonde ia quando saía de casa para passear, sabia onde encontrá-lo quando ninguém mais conseguia; dormiam juntos havia cinco anos e conversavam – ele esfregando as bochechas em tudo de que Olivia gostava, ela esfregando os dedos, como numa coceirinha carinhosa, nas costas e no rosto dele. Tinha intimidade com o gato. Algo que não experimentava, por mais que desejasse, com Zizi, a gatinha manhosa.

Nos últimos dias, Jiló estava inquieto. Um pouco arisco e sem se acomodar em cima dos livros; sem brincar com as páginas da agenda e dos cadernos de Olivia; já não empurrava com a pata direita o pote de canetas e lápis para o chão, não afofava o travesseiro nem se escondia debaixo do lençol. Não miava! Pior: quando andava pela casa, fazia isso sorrateiramente, pelos cantos.

Ju, o Jiló anda comendo pouco e isso é muito estranho. É mesmo? O que você acha que está acontecendo com ele? Não sei, mas fiquei pensando agora se ele teria pego o cadireme. Como? Ele amava entrar na caixa que vinha do correio. Gostava de se deitar em cima das folhas, brincava com a espiral. E se ele, sem querer, rasgou alguma das cartas e resolveu esconder o caderno pra eu não descobrir, Ju? Como ele faria isso? Sei lá, mordendo parte da espiral e arrastando até um esconderijo no quintal? Vai ver enterrou. Já vou avisando, prima, não pensarei num castigo pra ele, não me peça isso. Compramos um caderno ainda mais grosso, com páginas acetinadas e, quem sabe, até envelopes internos pra guardar preciosidades que não colam no papel. Para, Olivia! Impressionante como você tem facilidade de virar a página. E se ele destruir todas as cartas e a caixa com ciúme da nossa conversa, Loli? Por ciúme? Duvido, Ju. Ele nunca foi passional. Diferente da Zizi, ele se dá mais liberdade, foge, volta, traz uma galera, tenta apresentar pra Zizi. Sabe direitinho que o mundo é bem maior que esse quintal.

Naquela noite, as duas foram dormir com um nó na cabeça e um buraco no peito. Jiló, estranhamente, nem chegou perto do quarto de Olivia… Logo ele, que dormia todos os dias na cama da menina.

Todos os medos, ideias, risadas e dúvidas perdidos em algum ponto do mapa entre São Paulo e Minas Gerais.

Loli, você já está acordada? Eu sei que está muito cedo, mas uma coisa não sai da minha cabeça. Fala, Ju. Que horas são? Tô com muito sono ainda. São seis e cinquenta e sete, prima, mas presta atenção…

— E se seus pais leram? E se leram minha última carta e esconderam pra mostrar pro meu pai? Ou pra minha mãe? O correio não mentiria.

— Nossa, Ju! Acabei de lembrar o que escrevi na minha primeira carta: eles fizeram de tudo para eu mostrar o que tinha na caixa. Até inventei aquela história de leitura compartilhada, mas não devem ter acreditado.

— A caixa só pode estar aqui, Oli, e eu acabei de incluir meus tios e seus pais na nossa lista de suspeitos. Que bizarro!

— Temos uma lista de suspeitos?

— Sim, Loli: Jiló, tio Miguel, tio Afonso e o carteiro.

— Mas por que meus pais mostrariam sua última carta especialmente para seu pai e sua mãe? Você escreveu sobre eles? O que aconteceu? Fala dessa carta, vai... E se a gente nunca mais encontrar nosso cadireme?

— Vamos procurar mais um pouco, Loli. Eu realmente preferia que você lesse. Naquele dia em que escrevi, cada palavra que ouvi, que falei e que pensei sozinha foi parar no papel, e são elas que eu gostaria que você lesse. Foram elas que me confundiram. Além disso, não me conformo com o desaparecimento dum caderno que só importava a nós, Olivia. A quem mais interessaria a troca entre duas melhores amigas, me diz?

Nessa manhã, durante o café, o irmão e a mãe de Julia tiveram a ideia de organizar um mutirão. Se o funcionário do correio afirmou que a caixa saiu de São Paulo no próprio dia 14 e foi entregue na rua Ribeirão Grande no dia 18, talvez fosse o caso de vasculhar a casa de número 54, comentou a mãe de Julia. As meninas assentiram e depois se entreolharam: perceberam que os pais de Olivia não disseram palavra. Afonso lia o jornal impresso, e Miguel jogava pequenos pedaços de fruta para Zizi.

A mãe de Julia comentou:

— Ei! Vocês dois não estão prestando atenção na proposta.

Miguel estranhamente se levantou e caminhou com passos ligeiros para a cozinha.

— O que foi mesmo que você falou? — perguntou, com a voz mais alta que o normal.

— Disse para vasculharmos a casa toda, cada um de nós numa parte. Somos seis, dá para olhar com cuidado todos os cômodos, até mesmo o quintal.

Afonso fechou o jornal num gesto avinagrado e murmurou, enquanto terminava de servir café na xícara à frente, que ninguém naquela casa o deixava ler o jornal em paz pela manhã, que tinha dormido mal e que precisava descansar um pouco antes de procurar a tal caixa das meninas por todos os cômodos da casa, como queriam a cunhada e o sobrinho. Mesmo falando baixo, foi possível entender cada palavra.

Dessa vez não foram só Olivia e Julia que se entreolharam sem compreender a reação desses dois adultos. João buscou o olhar das meninas. À exceção de Afonso, as outras cinco pessoas procuraram debaixo de tudo. No alto de tudo. Dentro de tudo. Nos cantos do mundo. Fora da casa. Nada. Pista nenhuma.

As meninas, exaustas e bastante perturbadas com o comportamento dos pais de Olivia, sentaram-se no meio-fio em frente ao portão azul, avistando dona Zulmira no terraço, acomodada na cadeira de balanço.

— E o bolo de limão, Loli, é gostoso? Essa correria de um lado para outro durante toda a manhã me deu fome.

— Será que vale a pena, Julia? Tive a impressão de escutar trovões, você não? As chuvas daqui, às vezes, me dão medo. Parece que o céu vai desabar de repente.

— Mocinhas bonitas, que prazer recebê-las aqui.

— Obrigada, dona Zulmira.

— Aposto que vieram atrás do bolo de limão, não foi?

— Sim. Quer dizer, não. Viemos fazer uma visita.

— Aproveitem que sobrou. Entrem, entrem, vamos à cozinha.

Olivia, seguindo Zulmira em direção à cozinha, percebeu que a prima havia ficado para trás: estava plantada na porta do *quarto fechado*.

— Ju! Sai daí! Nenhuma criança está autorizada a entrar nesse quarto, não me pergunte por quê.

— Credo, Olivia! Está parecendo a pessoa do meu sonho, que não autorizava os porquês. Só faltam as botas pesadas e o uniforme.

— Então pronto, Ju. Estou vestindo botas e uniforme e digo que não se atreva a entrar.

— Por quê?

— Não sei, mas ela nunca deixa ninguém entrar.

— Vai dizer que você nunca sentiu curiosidade?

— Senti.

— E o que você faz com sua curiosidade, coloca numa bolsa, como a Raquel de *A bolsa amarela*?

— Ela não colocava curiosidades, Julia. Colocava vontades. E eu não tenho vontade de entrar num quarto proibido.

— Mentira! Aposto minha coleção de matrioscas que você tem medo, Loli.

— Meninas, o bolo está esperando. Venham antes que as formigas cheguem à mesa.

— Vamos, Julia, para de falar besteira. Dona Zulmira vai estranhar a demora.

— Estamos indo, dona Zulmira. Paramos para admirar o vaso chinês que a senhora tem na sala.

— Vaso chinês, Loli?

— Digam, meninas, acharam o caderno e a caixa desaparecidos?

Olivia e Julia contaram da mudança de cidade, escola, amigos, padaria, professores, casa, quarto. Falaram de separação de pais, de uma casa virar duas ou mais, dos espaços duplicados, das coisas divididas. Da confusão. Da vontade de chorar. Do que descobriram ser bom e novo. De querer que voltasse a ser tudo do jeito que era em um segundo. E a partir do segundo seguinte. Contaram do cadireme e da amizade que tinham.

— Eu também tive uma amiga inseparável.

— Teve ou tem, dona Zulmira?

— Tenho. Quer dizer, não sei mais. O nome dela é Tina. É... é Tina. Albertina. Teria 84 anos, como eu.

— Por que *teria*, dona Zulmira?

— Ah, meninas, essa é uma longa história. Não temos a tarde toda. Quem sabe um dia eu conto... Mas posso adiantar um pouquinho agora. Ela morava nessa casa aqui ao lado, onde mora o senhor Danilo, você o conhece, não conhece, menina Olivia?

— Sim, conheço, dona Zulmira.

— Tina e eu nascemos nesta rua. Com sua idade, Olivia, já éramos o que meu avô chamava de "remo e bote": no meio do oceano, um não teria função sem o outro. E nós nos sentíamos assim: podia ter uma inundação em casa, passar um furacão, bastava eu olhar por aquela janela e ver o quarto de Tina com a luz acesa para sentir um aconchego e pensar: "Vai ficar tudo bem".

Julia e Olivia trocaram olhares.

— Ouçam meninas, amizade como a de vocês é algo precioso. Mesmo que tenham começado a troca de cartas há tão pouco tempo... Em setembro, não foi?

— Como a senhora sabe que nossa primeira carta é de setembro?

— Eu falei setembro? Ah, sou tão ruim para datas... devo ter me enganado, menina Olivia. Na verdade, nem sei por que falei setembro. Não foram vocês que falaram isso outro dia? Ah, já estou ficando gagá, não sei mais é nada, e isso está me preocupando... Por falar em preocupação, já está quase na hora do almoço, e seus pais certamente as aguardam. Quando fizer outro bolo, chamo vocês. Vão, vão, se apressem, meninas.

Saíram com cara de bolo de chuchu. Julia não parava de pensar no que havia visto em cima da escrivaninha do *quarto fechado* de dona Zulmira. Juntava essa imagem com a fala na cozinha: "Mesmo que tenham começado a troca de cartas há tão pouco tempo, em setembro, não foi?".

— Loli, você conheceu a Albertina?

— Não. Desde que me mudei pra cá, o senhor Danilo já morava na casa 57, e a dona Zulmira, na 55.

— Você não estranhou a conversa dela na hora do bolo?

— Estranhei.

— Como ela pode saber de um detalhe que só eu e você conhecemos?

— É.

— Você não falou data alguma, falou?

— Não.
— E eu vi uma coisa estranha naquela casa.
— No *quarto fechado*?
— Sim. Muitos envelopes, várias pilhas deles amarradas com fitas coloridas. E umas caixas.
— Caixas?
— É.
— A nossa?
— Uma delas era bem parecida.

Durante o almoço, os pais de Olivia mudaram da água para o vinho. Afonso pediu desculpas por não ter ajudado na busca e prometeu ir ao correio na segunda-feira pela manhã para registrar "ocorrência de sumiço de encomenda". Miguel desatou a falar, todo solícito, que, claro, fazia questão de acompanhar Afonso, afinal de contas fazia sentido responsabilizar o carteiro e, se não o carteiro, o chefe da agência do bairro e, se não o chefe da agência do bairro, o chefe da central da cidade. Disse que a ideia de registrar "ocorrência de sumiço de encomenda" fazia sentido, pois "sumiço" apresentava duas compreensões, sim, ele disse bem desse jeito: "Apresentava duas compreensões, desaparecimento ou extravio".

As meninas se agitaram: "Então não foram eles? Ou essa falação toda era um disfarce?", pensaram na mesma hora.

A mãe de Julia bateu com delicadeza o garfo no copo pedindo passagem no meio do discurso do irmão e anunciou:

— O que acham de fazermos cartazes sobre o sumiço e colarmos pelo bairro? Vovó fazia isso quando era jovem e me ensinou uma receita de cola que posso ensinar a vocês agora. Que tal?

PROCURA-SE CAIXA DE PAPELÃO

PESO: MAIS OU MENOS 5 QUILOS

DESTINATÁRIO: OLIVIA P. – POÇOS DE CALDAS/MG

REMETENTE: JULIA B. – SÃO PAULO/SP

COLORIDA POR DENTRO E CONTENDO UM CADERNO DE CORRESPONDÊNCIAS

CRIANÇAS BEM CHATEADAS

QUALQUER INFORMAÇÃO, LIGAR PARA 35 3842-0609

— Mas, mãe...

— Diga, Ju.

— Nós colocamos na capa do cadireme os endereços e o pedido para devolverem caso achem perdido por aí.

— Acontece, filha, que já passaram três dias desde que o carteiro entregou a caixa aqui. A caixa é grande, o caderno é todo enfeitado, colorido. Se alguém tivesse visto por aí, teria devolvido.

...

— Mãe?

— Fala, Ju.

— O que acha de voltar para São Paulo sem mim, só com meu irmão? Eu ficaria para procurar o cadireme com a Loli. Isso se a gente não encontrar até amanhã.

— Ju... não sei. Tínhamos combinado de voltar os três. Não íamos pensar juntos num cardápio para o Natal?

— Sim, mas.

— E seu pai e o Caqui devem estar com saudade de você.

— Ah, mãe. Chantagem é sempre ruim, vai. Só um dia a mais. Na segunda meus tios vão ao correio, as pessoas poderão ler os cartazes. Deixa, vai.

Levaram trinta e sete minutos para convencer a mãe de Julia. Enquanto argumentavam, João misturava, em uma bacia, polvilho doce, água e vinagre, seguindo a receita de cola da avó. Finalmente a cabeça da mãe de Julia balançava para cima e para baixo, os olhos revirados para cima, a cabeça apoiada sobre mão-braço-cotovelo em um sinal claro de sim, mas.

— Corre, Loli, ela deixou! Não vamos perder mais um minuto. Obrigada, João, pela cola.

— Olha a mistura que demais!!!

— Posso ficar também, mãe? Fui eu que fiz a cola, elas não vão saber colar...

— Tá bom, João, tá bom.

Enquanto as três crianças corriam em direção à rua com cola e pincéis num balde para grudar os cartazes em postes e muros do bairro, dona Zulmira mantinha aceso, mesmo durante o dia, o abajur do quarto que tinha a janela virada para a rua. Apesar de certa dificuldade para andar, a senhora ia até a cozinha, botava água para ferver, voltava pelo longo corredor em direção ao *quarto fechado* e olhava, mas ali não entrava. De volta à cozinha, procurava as folhas de boldo – para a barriga, que doía um pouco –, colocava-as no fundo de uma caneca, e novamente o corredor. Parava na soleira da porta do *quarto fechado*, ficava ali por uns minutos, tornando a caminhar para a cozinha (já era a terceira vez) a fim de verificar se a água tinha fervido. Inexplicavelmente, não vertia a água quente na caneca e punha-se pelo corredor até o limite entre o assoalho de madeira e o piso do *quarto fechado*, mantendo o olhar fixo num ponto: uma caixa vazia.

Passava um instante inerte, estátua mesmo, sem respirar. Depois fechava os olhos, pendia a cabeça em direção ao peito, suspirava e, abrindo os olhos, seguia em direção ao quintal. Verificava, apertando com as mãos, alguns limões: estavam maduros? Girava algumas folhas até que estas largassem a fruta e fossem parar entre o polegar e o indicador, então dona Zulmira colocava as folhinhas arrancadas no bolso do vestido e pegava o corredor comprido em direção ao *quarto fechado*, parando sob o batente, como das inúmeras outras vezes, permanecendo ali por uns minutos, o olhar num único ponto.

Essa agitação era rara. Não é que dona Zulmira fosse uma velhinha sedentária, preguiçosa ou muito cansada, mas esse movimento pingue-pongueado não era habitual.

De repente, rumo e ritmo mudaram: passos mais ligeiros, mãos fora dos bolsos, olhar altivo, adentrou o próprio quarto, aproximou-se de uma enorme cômoda, abriu uma gaveta, depois outra e mais uma ainda, até que encontrou o que parecia procurar. Com as mãos, levou ao peito, apertou tão apertado que o coração parou por um instante. Cheirou, o dedo fazendo caracóis pelas beiradas, buscava saber quantas páginas, cada milímetro uma batida a mais do coração. Deixou-se cair na poltrona perto da mesinha do telefone e, olhando para o que tinha em mãos, abriu o maior sorriso – sorriso só visto assim, desse tamanho, quarenta anos antes, na época em que Albertina era sua vizinha, sua comadre, sua parceira de vida.

Foram doze os cartazes colados pelas ruas de Poços de Caldas. Usaram até a última gota da mistura que João tinha feito. A ideia deu tão certo que o telefone começou a tocar naquela tarde mesmo. Aliás, não parava de tocar. Diziam ter encontrado caixa de papelão perto da mercearia, na lixeira da rua, no banco da praça e no ponto de ônibus. Até dona Zulmira ligou. Disse que estava saindo da padaria quando viu uma criança nem velha nem nova, com os olhos meio puxados, meio arredondados, nem alta nem baixa, segurando uma caixa como a que anunciaram no cartaz. Disse também que não sabia para que lado a criança tinha corrido. Mas afirmou ter visto o cadireme.

Olivia já andava pelas ruas do bairro com mais desenvoltura. A cidade inóspita passava a abraçar a menina com um "olá, não é você a dona da caixa perdida? Li o cartaz colado no poste aqui ao lado da farmácia onde trabalho. Estou de olhos bem abertos e, se achar, corro para avisar. Conheci um de seus pais outro dia comprando pomada para picada. Ele me disse que vocês mudaram há pouco tempo. Sejam muito bem-vindos". Ou então: "Boa tarde! Se precisar de ajuda, pegue emprestada uma das minhas taburinhas para facilitar a busca da sua caixa!". Esse era o senhor Raul Taburin, da bicicletaria. O maior mecânico da cidade. Não havia defeito que ele não desvendasse, e por isso mesmo as crianças de Poços de Caldas passaram a chamar bicicleta de "taburinha".

— O senhor nos emprestaria três? Devolvemos até o fim do dia.

— Levem o modelo com bagageiro. E corda para prender a caixa. Tenho certeza de que vão encontrar!

— Muito obrigada, senhor Raul!

— Obrigado, senhor Raul!

— Vamos, João, vamos, Juju. Pelas minhas contas, temos três horas e meia até o sol se pôr.

Voavam com as taburinhas pelas calçadas, percorrendo, inclusive, ruas de dois bairros vizinhos. Em São Paulo, Julia e João nunca tinham se distanciado esse tanto sozinhos. Quando pararam num farol de três fases, daquele que demora pra chegar a vez de o pedestre atravessar, uma criança escutou a conversa de João, Julia e Olivia, pediu licença para se intrometer e disse que tinha visto, mais cedo, uma caixa pesando mais ou menos cinco quilos, colorida por dentro, contendo um caderno de correspondências. Explicou que estava no fundo do quintal duma casa cor de laranja, ou pêssego, ela não sabia determinar; debaixo do pé da maior árvore desse terreno, mexeriqueira ou laranjeira; numa rua sem saída, atrás do parque das Águas; a apenas quatro quarteirões de onde estavam. Falou de um jeito tão certeiro que nenhum dos três perguntou nada nem tirou dúvida: como era a caixa, como sabia que tinham perdido, leu algum dos cartazes, qual deles, o da barbearia perto dali? Tinha visto mesmo a caixa? De papelão? Tinha selo de correio? Por que deixou onde viu? Por que não pegou? Como era o nome dessa menina? E se fosse a tal criança nem velha nem nova, com os olhos meio puxados, meio arredondados, nem alta nem baixa, de que dona Zulmira havia falado?

Tantas perguntas e nenhuma ao mesmo tempo: nada saiu da boca de João nem da boca de Julia ou de Olivia. Nem sequer conversaram entre si. Julia chegou a pensar que estaria, desorientadamente, obedecendo ao próprio sonho: aqui não há porquês. A criança do farol de três fases falou "caixa caderno quintal"; "colorida por dentro"; "correspondências". E eles voaram. Sem pensar. Voaram com as taburinhas. Sem hesitar.

Debaixo do pé da maior árvore do quintal. Enquanto pedalava, João flutuava por cima duma sequoia enorme, gigantesca, fora do comum. Todo o pensamento voltado para a melhor maneira de aterrissar no ponto exato dito pela menina. Julia e Olivia finalmente se jogariam por cima dele, fariam cócegas, dariam risadas e falariam embriagadas de felicidade que ele era o melhor irmão e primo que existia no mundo, talvez até no Universo.

"Numa rua sem saída, atrás do parque das Águas", repetia Olivia em sua taburinha. "Numa rua sem saída, atrás do parque das Águas". Cada sílaba ressoando no peito, numa rua sem saída, fazendo pulsar o coração em direção ao caderno, o diário, cada registro, toda memória. A carta não lida da prima. Cada palavra boiando no papel e só aquelas, nenhuma outra, a prima precisava que ela lesse.

Julia pedalava. Pensava em suas mães e seus pais e seus prováveis sete, oito avós e avôs e onze tios e tias e dezessete primos e primas de algum grau que ela não sabia o nome para primos vindos de namoros de pai e mãe quando se separam. Recapitulava o diálogo com o pai, a carta escrita logo em seguida para a prima, o correio e a surpresa de verificar que a caixa não tinha chegado às mãos de Olivia. Queria tanto que ela tivesse lido a última carta. Outra pessoa lendo podia ajudar. Falar por vezes é difícil. Perguntava baixinho para as pessoas de botas pesadas não escutarem: por que pais se separam?

Lembrou-se da carta da mãe: "Filha, alguns casais se separam. Não é algo que as crianças possam controlar". Casal e pais não são a mesma coisa? Qual é a diferença? Será que quando brigar com meu pai posso correr pra casa da minha mãe? Se eu levar advertência na semana em que estiver com minha mãe, meu pai precisa saber? Por um instante, passou pela cabeça que algum dos dezessete primos poderia ser alguém incrível! Agora, com quase doze anos, vinha experimentando opiniões bem diferentes das dos pais – pra não dizer quase sempre contrárias. Eles já não entendiam a vida como ela, e ter pais separados, pela primeira vez, pareceu uma pequena vantagem estratégica: não precisaria estar submetida à opinião taxativa da entidade Pais S.A., tirando vantagem dos pontos de vista diversos de sua mãe e seu pai. Depois voltava a pensar em sua casa com pai, mãe, irmão e ela. No quarto da casa do amigo do pai. No sofá da sala. Na volta para a casa antiga, agora pela metade, só com o pai. Na casa nova com a mãe. Pedalava de casa em casa, até a de cor de laranja ou pêssego recobrir todas as outras e trazer Julia de volta a Poços de Caldas.

A rua sem saída era larga, íngreme e composta por seis blocos. O chão de pedras mal assentadas fazia tremer o corpo das crianças em cima das taburinhas. Chegando ao que parecia ser o fim da rua, uma parte repleta de árvores altas e densas, observaram um portão de dois metros e setenta de largura, todo de ferro maciço. Parecia ter sido azul aquele imenso portão (ou azul na infância de alguém). Dava para imaginar crianças pelos cantos, alguns cachorros e galinhas por perto. Cipós que encontravam acolhida nas árvores, musgos sinalizando vida, o lanche sendo preparado em algum lugar que não ali, na brincadeira. Havia partes do portão que preservavam o azul, fazendo confundir tempos e as vozes das crianças.

Os três se aproximaram devagar do imenso portão, e Julia tentou abrir. Sozinha, era impossível, exigia muita força. Uma força descomunal. Olivia resolveu subir por conta própria e foi encaixando os pés nas formas arredondadas que desenhavam flores de ferro no corpo do portão. Viu que seus pés cabiam perfeitamente nelas e subiu quase dois metros! Ela só não podia imaginar que o serralheiro, à época, imaginara exatamente este uso: uma escada para as crianças. Com o maçarico na mão, ia e voltava desenhando flores intervaladas, uma espécie de jardim vertical. Este teria sido o pedido do dono do terreno ao adentrar a serralheria: um jardim de ferro de dois metros e setenta de largura e dois metros e dez de altura, a fim de proteger a casa que iria construir. "Flores intervaladas num jardim vertical de ferro?", indagara o artesão. "Vou entregar uma verdadeira floresta para as crianças da vizinhança brincarem de cipó, de escada, de passarinho", ralhara o homem. "Onde já se viu pedir flores de ferro para proteger a casa em que vai morar?"

Olivia não sabia nada disso e, enquanto subia, não sem um pouco de medo, imaginava o que diria se fosse pega pelos donos do terreno. Esse pensamento criou outro medo além da altura, e ela se desequilibrou.

— Loli! — gritaram Julia e João, no mesmo instante. — Você está bem? Não precisa subir mais, já está quase no fim. Dá para ver algo daí? A mexeriqueira?

Daria para ver a caixa lá de cima? Que caixa? Ela tinha esquecido o cadireme enquanto andava pela floresta do antigo serralheiro e não experimentou o esquecimento como algo ruim; afinal, desde que os primos haviam chegado de São Paulo, não se falava em outra coisa.

— Dá ou não dá pra ver, Olivia? Você está escutando?

Não, não dava. Via uma casa térrea, galinhas, galo e alguns patos; um buraco no chão, talvez para acender fogo; dois bambus sustentando a corda que fazia as vezes dum varal; um cercadinho de arame que protegia uma pequena horta. Tinha chovido bastante no início de dezembro, e o caminho até a casa parecia escorregadio. O trilho de pedras, as mesmas que cobriam a rua a perder de vista, estava tingido de marrom.

Olivia desceu da mesma forma que subiu: pé direito atraído pelas pétalas e pé esquerdo procurando o cálice de cada flor desenhada pelo profissional que fez dum pedido de fortaleza um portal. João e as meninas tentaram empurrar o portão mais uma vez. Além de pesado, parecia emperrado. Olivia descreveu sua experiência, disse que era possível subir, jogar uma perna por cima do portão e descer pelo outro lado, mas João sentiu um arrepio na espinha ao olhar para a parte de cima do portão e acabou confessando seu pavor de altura, dizendo que preferia achar alguma entrada mais perto do chão.

— Portão, quando emperra, emperra, e já não sei mais se é uma boa ideia a gente entrar. Tudo velho e enferrujado, e os donos da casa devem estar aí, velhos e enferrujados como o portão. E eu acho que a menina inventou toda essa história — disse Julia, que pela primeira vez desde que chegara a Poços de Caldas titubeava em relação à busca pelo cadireme.

Assim que Julia falou, um cachorro saiu por um buraco relativamente pequeno e baixo na cerca de madeira, a alguns metros de onde estavam. O terreno não tinha muro; tinha esse imenso portão na frente e, nos outros lados, uma cerca de madeira. Todos viram o cachorro. Acendeu-se uma luzinha para João.

— Se ele saiu de lá, nós conseguimos entrar! — disse às meninas. E emendou: — Julia, se quisessem mesmo proibir a entrada, construiriam um muro tão alto quanto o portão. Não foi o caso. Vamos!

Fácil, não foi. Levaram seis minutos e mudaram de cor. De cima a baixo. Olivia tinha a camiseta, o short jeans e as unhas dos pés tingidos de terra, pequenos arranhados nas pernas, um gosto de não sabia bem o que na boca; João sentia uma coceira, uma mistura de areia, terra e pedrinhas miúdas foram parar bem no buraco do umbigo e atrás da orelha direita dele; e Julia tinha formigas e galhos presos no cabelo, além duma mistura de preto, vermelho e amarelo iluminando o corpo todo. Seguiram assim como estavam pelo caminho de pedras, desviando das galinhas e dos patos, ouvindo som de água e vozes, dando e

recebendo tapinhas leves uns nos outros para se livra-
rem de galhos, folhas e formigas pegados no corpo.

— Estou com um pouco de medo.

— Ju, essas vozes são de vizinhos, não são daqui.

— Mas, João, e se forem dos donos da casa?
Como você pode ter tanta certeza? E se eles não
quiserem devolver o cadireme e nos amarrarem
junto da árvore de fruta e se forem colecionadores
de cartas e segredos e se...?

— Julia! As vozes vêm do terreno ao lado, mas,
se você continuar falando desse jeito, o dono desta
casa vai aparecer antes que a gente descubra onde
estão nossa caixa e nosso caderno.

— Tá bom, Loli, calma.

— Ju! Loli! Olhem ali!

— Onde?

— Ali.

A caixa era de papelão. Algo colorido dentro.
Uma espiral. Três corações imediatamente dis-
pararam em direção ao cadireme, mas as pernas
obedeciam a um tempo diferente: não eram tão
ligeiras quanto a um órgão que, do tamanho de um
punho, batia 150 vezes por minuto.

Julia foi a primeira a se aproximar da caixa.
Estava mesmo, como aquela criança havia dito,

debaixo de uma mexeriqueira repleta de frutos. Abriu com cuidado e retirou o caderno espiralado enquanto a prima e o irmão chegavam perto. Olivia tapou os olhos com as mãos. Julia emudeceu. João experimentou, pela primeira vez na vida, a urgência de colocar outras duas pessoas à frente dele e de suas inquietações – antes que percebesse a frustração que sentia, viu que existiam duas pessoas ainda mais tristes que ele. Devagar, pegou o caderno das mãos da irmã, recolocou-o na caixa, puxou a prima para perto de si e abraçou as duas. Sentaram-se os três debaixo do pé de mexerica e permaneceram quietos por alguns minutos, até que Olivia falou:

— Não é o nosso, mas é de alguém. E se essa pessoa estiver tão chateada quanto a gente? E se pegaram o caderno dela como pegaram o nosso?

— Loli, não sei... E se for de alguém desta casa, por exemplo? Alguém que escondeu um diário ou um caderno de memórias ou de cartas, sei lá, pra ninguém ler. Já pensou nisso?

— Nós não vamos ler, Ju? Loli? Não?

— Não, né, João?!

— Você lia o cadireme?

— Não, nunca!

As duas meninas se entreolharam com aqueles olhos apertados e alongados de quando não se convencem de algo.

Julia fechou a caixa com delicadeza, desamarrou o moletom que trazia na cintura e o colocou por cima do papelão. Apanhou algumas mexericas que haviam caído do pé e acomodou uma ao lado da outra, até desenhar um círculo. Forrou com folhas e cascas das frutas secas. Olivia e João, numa compreensão de quem é íntimo, pegaram a caixa de papelão e a aninharam no centro do círculo.

Os três se levantaram e se dirigiram ao portão. Só aí João falou:

— E se aquela criança que nos parou no farol for a dona do caderno? Vai ver ela queria que a gente lesse ou olhasse ou pegasse e devolvesse pra ela ou tirasse da chuva ou escondesse do pai ou do avô, da mãe, vocês não acham?!

As meninas, agora, sorriram. Era como se algo tivesse voltado ao lugar: João, irmão e primo caçula, tagarelava despropósitos, agitava-se.

— Vamos, João, pode até ser tudo isso aí que você está pensando, mas saber a gente não sabe, né? Vamos pegar as taburinhas e devolver para o senhor

Raul, que deve estar preocupado com a demora. E, se for da menina mesmo, acho que ela vai gostar do cuidado que tivemos — disse Julia.

Assim que saíram do terreno, empurraram as taburinhas até o ponto em que recomeçava a parte asfaltada da rua. Pedalaram até a bicicletaria do senhor Raul, que os esperava com o portão quase fechado, e desculparam-se pelo atraso. Ele disse: "Imagina, crianças, sempre que precisarem". Os três, então, caminharam até a casa de Olivia.

Julia não tirava da cabeça a conversa estranha na cozinha de dona Zulmira, as caixas e as pilhas de envelopes que tinha visto no *quarto fechado*, além do estranho telefonema.

— João, o que você está carregando na mochila? Alguma coisa pra comer?

— Não.

— O que tem, então?

— Um radinho de comunicação muito usado em investigações.

— É?

— Sim, Ju.

— Aquele *walkie-talkie* que você ganhou da vovó?

— Isso mesmo.

— Você nos emprestaria?

— Eu? Só se eu puder ir junto.

Olivia e Julia trocaram olhares. Não disseram nada, mas era possível imaginar uma nuvem de letras formando um SERÁ bem acima da cabeça das duas.

— Será, Ju? Você conhece seu irmão melhor que eu.

— Acho que ele pode ajudar.

— João, você vem, com uma condição: não contar nada para ninguém. Pelo menos por enquanto.

— Mas o que não posso contar?

— A vizinha de frente da Loli é uma senhora que mora sozinha e que tem um *quarto fechado* com muitos envelopes de cartas espalhados pelo chão, várias pilhas deles amarradas com fitas coloridas, e umas caixas.

— Caixas?

— É.

— A de vocês?

— Bem parecida.

— Uou! Combinado! Não falo nada para ninguém, nunca, dedos descruzados, prometo.

— Para, João, já entendemos.

— Mas foi ela que pegou?

— Não sabemos, já desconfiamos do Jiló, dos meus pais, do carteiro, do seu pai e até de você, óbvio!

— De mim?

— Claro, né? Você é meu irmão e a pessoa que ficou mais perto do cadireme até agora: a gente mora nas mesmas casas!

— Julia, Julia, Julia! Eu não tinha pensado nisso! Foi você, João! Confessa! Você vem dando uma de bonzinho por puro disfarce. Qualquer currículo de irmão mais novo tem uma pentelhação dessa, claro. Como deixamos passar, Ju? Aqui na nossa frente o tempo todo... Somos realmente muito amadoras em matéria de investigação, prima. Vai, pode levar a gente ao lugar onde escondeu o cadireme. Prometemos não trucidar você, não precisa ter medo.

— Para, Olivia! Chega! Vocês duas são muito malucas, eu não tenho absolutamente nada a ver com isso.

Virando a esquina da rua Ribeirão Grande, notaram, no portão, dona Zulmira distraída conversando com o senhor Danilo. Riam e gesticulavam, cada um com um jeito próprio de falar. Ela segurava uma pequena sacola com temperos; ele, um jornal dobrado ao meio. As três crianças viram o momento em que ele convidou dona Zulmira a entrar e sentar-se na varanda da casa dele – e ela aceitou. João, percebendo oportunidade, entregou o radinho de comunicação para a irmã.

— Vamos entrar escondidos no *quarto fechado*.

— Qual é o plano, João?

— A janela do *quarto fechado* é baixa, dá para ver daqui. Se a gente levantar o vidro sem que dona Zulmira perceba, podemos entrar na casa por ali, direto no quarto.

— Juju, não é que seu irmão teve uma ótima ideia? Lá, sem acender a luz, conferimos todas as caixas.

— Eu fico por perto para avisar quando ela sair da casa do senhor Danilo. O *walkie-talkie* tem alcance de dez quilômetros!

— João, não precisaremos nem de dez metros. Você não combinou que ficará por perto, na calçada e no jardim? O que você tem em mãos é um *walkie-talkie*, não um binóculo...

— Eu sei, Loli, mas, como o radinho pode ter interferência de outros que estejam perto da gente (por exemplo, de um guarda ou um policial), isso talvez atrapalhe nossa comunicação e é até capaz de descobrirem nosso plano! Por isso, talvez eu precise encontrar pontos sem interferência externa.

— Ai, João, menos, por favor...

— Olha, levem esse radinho, eu fico com o outro. Se precisar avisar algo muito urgente e perigoso, é só apertar esse botão vermelho aqui, perto da antena. O som parece uma campainha. E esse outro botão tem que apertar enquanto fala, e é preciso dizer "câmbio, desligo" quando terminar e nunca se aproximar de paredes de aço, que cortam a comunicação.

— Aço, João?! Onde vamos encontrar paredes de aço por aqui?

— E se as paredes do *quarto fechado* forem de aço?

— Ai, João...

Apesar da luz do dia, Olivia demorou para reconhecer o espaço. Entrar pela janela num lugar onde o costume é entrar pela porta (e, a bem da verdade, Olivia nunca tinha entrado no *quarto fechado*) pode mobilizar outros arranjos do corpo e do olhar. Olivia entrou bem devagar, pé ante pé. Julia tropeçou assim que atravessou o parapeito da janela, no que parecia ser um tapete enrolado, preso com dois laços grossos de barbante, e o radinho, preso ao short, quase foi ao chão. Quando os olhos e as pernas começaram a lidar com o nervosismo de estarem num lugar sabidamente proibido, deram-se as mãos e sentaram-se juntas, encostadas na parede bem debaixo da janela. A barriga de Olivia fazia barulhos, e Julia cochichou no ouvido da prima que seu coração estava batendo rápido demais. A mão de Julia pousou sobre a barriga de Olivia. A mão de Olivia pousou sobre o peito de Julia. Ficaram assim por um tempo, até que, na parede oposta à janela, fotografias, inúmeros quadrinhos e recortes de jornais e revistas afixados num quadro de cortiça passassem a chamar a atenção das meninas.

Quase não havia decoração no cômodo. Todavia, fotos, papéis, jornal e desenhos, isso havia aos montes. Distinguiram uma escrivaninha com tampo verde e puxadores de metal. Olivia reparou numa cadeira de madeira junto à escrivaninha e duas outras de ferro do lado oposto. Duas almofadinhas de tecido xadrez amarradas às cadeiras com fitinhas feitas do mesmo tecido davam leveza ao ferro e deviam aquecer quem se sentasse ali. Outras duas cadeiras ficavam encostadas ao lado de uma estante repleta de livros. Sobre uma delas apoiava-se um vaso grande de samambaia; sobre a outra, toalhas e cobertores.

Para que tanta cadeira, perguntou Loli, se no *quarto fechado* ninguém pode entrar para conversar com dona Zulmira, mesmo que a porta esteja aberta? Será o *quarto fechado* fechado só para crianças? Vai ver dona Zulmira recebia muitas pessoas para conversar quando era mais jovem ou durante a madrugada, enquanto todas as crianças dormem. O que você acha, Ju?

Julia não respondeu, não soube o que dizer. Para que tanta cadeira se não tem quem nelas se sente para conversar? Distraiu-se com o pensamento e não viu Olivia tentar alcançar uma das caixas de papelão na última prateleira da estante esticando os braços e ficando na ponta dos pés em cima de uma das cadeiras sem a almofadinha xadrez. Loli dedilhava com os três dedos mais compridos a textura do papelão. Com o médio curvado, dava pequenos petelecos empurrando a caixa para a extremidade da estante.

Não houve tempo de impedi-la. João quase teve um treco quando ouviu o barulho da caixa no assoalho de madeira. No entanto, não foi um barulho papelão-madeira. Foi estrondoso.

—Julia! Vocês estão malucas? Julia, Julia, está me escutando? Câmbio, desligo. Julia! Câmbio, desligo.

Na queda, a caixa de papelão esbarrou numa caixa de madeira ornamentada com frisos dourados e um cadeado antigo que parecia não funcionar mais. Foi essa segunda caixa que caiu no chão e fez estardalhaço. Muitas pilhas de envelopes amarradas com fitas e lãs coloridas se espalharam.

— João, descobrimos algumas coisas. Parece importante. Como estão dona Zulmira e seu Danilo? Câmbio, desligo.

— Conversando ainda. Agora tomam suco ou chá, sei lá. Não façam tanto barulho, vocês quase me mataram de susto! Câmbio, desligo.

— Está bem. Foi sem querer. Fique de olho neles! E vamos combinar assim: você toca a campainha três vezes seguidas quando ela começar a se despedir do vizinho ou cinco vezes se tivermos que sair do quarto imediatamente, assim consigo ajudar a Loli. Câmbio, desligo.

Quando Julia se virou, Olivia tinha parado de procurar e lia absorta uma das cartas espalhadas pelo chão.

– Ju, ouve isso!

Zuzu, comadre querida,

enquanto você dorme, eu te escrevo. Quando acordar, verá que amanheceu o dia 31 de dezembro de 1972. Não colocarei esta carta no correio. Desta vez deixarei eu mesma embaixo da porta da sua casa. Você se deu conta? Faz quarenta e quatro anos que nos conhecemos! Quarenta e quatro anos que somos vizinhas. [...] Foi sua a ideia de mandarmos cartas uma para a outra, não foi? Sempre achei isso um pouco sem juízo, sendo nós vizinhas de muro. Mas você dizia: "Tina, minha melhor amiga, tem coisa mais gostosa que receber carta de verdade, com selo, envelope fechado com carimbo do correio, seu nome na frente e o meu atrás?". Juro que perdi a conta de quantas cartas trocamos. Eu sei que você anota na caderneta lilás as datas e o número das correspondências e guarda cada uma nas pastas de couro.

— Julia...
— O que foi, Loli? Diz. O que você leu, por que ficou assim, triste, de repente?
— Ju... Olha como essa Tina termina a carta: "Amanhã já não estarei mais sua vizinha".
As meninas ficaram um tempo precioso da busca paradas, olhando ora uma para a outra, ora para a

carta nas mãos de Olivia. Na cabeça delas, três pensamentos: o que tinha acontecido com a melhor amiga da dona Zulmira? Se ela não *estará* mais vizinha, *estará* o quê? É a tal melhor amiga "bote e remo", que morava na casa onde mora o senhor Danilo?

— Juju, parece que tem um jornal antigo, dobrado, mal dá para ler de tão amarelado. Tem um clipe enferrujado prendendo outro papel. Prima! Nunca tinha visto um jornal tão velho, olha a capa do jornal desse dia! Você não vai acreditar. Tem uma receita de bolo de fubá. Ingredientes e modo de fazer.

— Eles colocavam receitas de bolo na primeira página do jornal?

— É o que parece.

— Esse papel preso com clipe não faz parte do jornal.

— E o que diz? O que é?

— Acho que alguma página arrancada, está vendo o zigue-zague neste canto? Parece de um livro de história.

— De escola?

— Acho que sim. Tem algo escrito a caneta aqui em cima, está vendo? "Texto da nossa…" Ju, você consegue ler o que está escrito aqui, depois de "nossa"?

— Deixa eu tentar. Louro? Lauda? Laura! "Texto da nossa Laura – livro didático/fev.1990."

— E o que diz o texto?

A expressão "preso político" tomou conta do país. Palavras ou atos que entrassem em discordância com as ideias do governo jogavam centenas, talvez milhares de pessoas nas prisões. Divergir e manifestar-se acerca das prioridades de um governo e das condutas de seus governantes eram dois verbos arriscados para a época. Discussões acaloradas nos almoços de família, em clubes ou parques, no ambiente de trabalho ou nas escolas foram substituídas por cochichos, bilhetes escondidos dentro de livros, mensagens transmitidas por letras de música, cartas escritas utilizando códigos, como a primeira sílaba de cada palavra ou todas as últimas palavras de cada parágrafo, formando um texto dentro do texto.

— Tem também um bilhete preso ao clipe.

— Lê, por favor. Quero muito saber.

— Acho melhor perguntarmos ao João se dá tempo. Esquecemos totalmente nossa caixa.

Julia deu um pulo até a janela, tentou localizar o irmão no jardim e tocou a campainha uma única vez.

João, atrás dos arbustos, perto do portão, compreendeu o sinal e colocou o radinho perto do ouvido.

— Dá tempo de lermos outras coisas? Estamos achando que a dona Zulmira também trocava cartas com a melhor amiga. Precisamos investigar. Como eles estão? Câmbio, desligo.

— Rindo. Agora comem biscoito. Assim que alguém se levantar, toco a campainha como combinamos. Câmbio, desligo.

— Temos tempo, Loli. Lê o bilhete enquanto eu abro todas as caixas parecidas com a nossa.

Tina, eu tenho um ermo enorme dentro do olho. Quem escreveu esse verso não fui eu, mas um poeta que me leva para um lugar muito bonito toda vez que leio esses poemas. Um beijo em você, onde estiver.

Da sua Zuzu,
7 de janeiro de 1973

Por que guardou um bilhete dela mesma para a amiga? Será que ela não entregou?

— O que é ermo, Juju?

— Não sei, Loli. Quando voltarmos para casa, procuramos no dicionário.

— Olha, aqui neste canto da caixa tem umas coisas escritas num saco de pão: "Tina, o Onofre da farmácia. O Valdemar da funerária. E a dona Cecilia da biblioteca da rua Sebastião Rodrigues". Tem partes riscadas. Ju, você entende o que está escrito aqui?

Esses todos, minha amiga, sumiram na semana passada. Mas não é só isso. Tenho tido uma sensação maluca, estranha mesmo. Lembra a Odete? Você não a reconheceria. Mantém trancados os portões da escola e não aceita mais as crianças daqui da rua – disse que não somos gente de bem. Tina: não somos gente de bem. Odete, nossa amiga de carteado. Da prosa na varanda. Não sei mais o que pensar nem o que sentir. Ontem tive vontade de ir ao cinema. Ontem a polícia matou um estudante. Como essas duas últimas frases podem estar juntas, uma ao lado da outra, me diz, Albertina, me diz? Cadê você para me acalmar com suas palavras faladas e escritas, hein? Cadê você, que, vindo da redação do jornal, sempre dizia quando nos encontrávamos: "Zulmira, Zulmira, tá tudo em ordem neste mundo quando seu bolo de limão está sobre a mesa da cozinha esperando ser cortado! O resto é bobagem".

Olivia continuou lendo por mais uns minutos.

— É um rascunho de carta ou um diário?

Trim, trim, trim, trim, trim.

— Loli. João tocou a campainha.

— Quantas vezes, você contou?

— Não. Achei que você tivesse escutado e ia perguntar a mesma coisa.

Trim, trim, trim, trim, trim.

— Cinco! Corre! Fecha a caixa de madeira, eu coloco de volta na estante. Rápido!

— Não vai dar tempo.

— Vai, sim.

— Você abriu todas as de papelão que tinha no quarto?

— Sim. Quer dizer, não. Faltam ainda aquelas duas caixas embaixo da escrivaninha, ali, cobertas com um pano.

As meninas ficaram agitadas, mas não saíam. João não tocou mais. Agachado, correu em direção à janela do *quarto fechado* e, notando que ainda estava aberta, jogou o radinho para dentro, quase acertando a cabeça de Olivia. Perceberam o desespero de João e se penduraram no batente, passando para o lado de fora da janela bem na hora em que dona Zulmira entrou em casa. As três crianças tiveram a mesma reação e se esconderam atrás de uns arbustos. A senhora meio corcunda e miúda observou atentamente o canteiro de flores de seu jardim e caminhou em direção ao esguicho acoplado à torneira. Abriu. Pôs-se a regar as flores, depois os temperos e em seguida os arbustos.

— Eu toquei mil vezes a campainha. Mil. Vocês duas não sabem nada de códigos de segurança. Avisei que ela estava saindo da casa do senhor Danilo. E o que vocês fizeram? Nada — desabafou João, completamente ensopado e injuriado. — Conseguiram, pelo menos, achar o cadireme?

— Não — responderam, juntas.

— Vimos todas as caixas, menos duas. Amanhã temos que voltar lá, agora já está escuro.

— Vocês voltam. Eu não ponho mais os pés nessa casa. Nem me chamem. Vou dormir até meio-dia amanhã.

Tina, Zuzu, cartas, amigas, sumiço, cochicho, vizinhas, dentro do olho, conversas abertas, fubá, correio, prisões, nossa Laura, Valdemar, gente que some, Odete, crianças, rua, segredo, governo, portões, envelopes, prosa, sílabas, palavras, códigos, atos. Bote e remo. Melhores amigas. Vizinhas de muro. Assim mesmo, trocavam cartas. Conversas abertas que precisavam virar cochicho, segredo. Dona Zulmira tem um ermo dentro do olho. Governo. Prisões. Valdemar. Gente que some e gente que não se reconhece mais. Cadeado. Amanhã já não estarei mais sua vizinha. Amanhã já não estarei mais sua vizinha. Todas essas palavras juntas e misturadas não saíam da cabeça das meninas.

— Filha, na segunda-feira de manhã seus tios vão ao correio fazer uma nova tentativa. O correio funcionará meio período. Tenho certeza de que resolverão essa misteriosa história do cameredi. Vou pegar a estrada em breve, não quero chegar de madrugada. João, me dá um beijo. Vou preparar as coisas para o Natal neste fim de semana. Quem sabe até lá alguém não liga dizendo ter encontrado o caremedi.

— Mãe, não é caremedi nem cameredi!

Os quatro caíram na gargalhada, e as três crianças, no sono.

Antes mesmo do café da manhã, Juju, Loli e João (que tinha desistido de desistir da investigação) saíram para a rua. Queriam ver se dona Zulmira já estava acordada.

— Você disse Zuzu, Loli.

— Disse?

— Sim. Você falou "vamos até a casa da dona Zuzu, blá-blá-blá".

— Quando eu falei o apelido dela, Julia?

— Quando deu a ideia de a gente ir até a casa dela conversar de qualquer coisa enquanto uma de nós ou o João arrumaria a bagunça que fizemos no *quarto fechado*. Percebeu? "Vamos até a casa de dona Zuzu." Foi isso que você falou. Cuidado para não usar esse apelido na frente dela: com certeza vai desconfiar que lemos as cartas que trocava ou mesmo os bilhetes que escrevia para a tal Albertina.

— Tá bom, tá bom! Não falo mais Zuzu.

— Olivia! Para de brincadeira! Quem entrar no *quarto fechado* para arrumar a bagunça olha as duas caixas debaixo da escrivaninha, combinado?

Dona Zulmira tinha passado a noite em claro, virando de um lado para o outro na cama. Ao decidir se levantar, foi direto para a cozinha, puxou uma cadeira e pegou um bloco de papel e uma caneta.

23 de dezembro de 2012

Tina, minha querida amiga,

nunca perdi o costume de lhe escrever. Mesmo com estes óculos fundo de garrafa e este par de olhos que já não ajudam muito. Ermo, não ermo, não faz mais diferença. A certeza que tenho é a de que, para suas quatro letras, T I N A, não preciso de óculos. Arrisco dizer que nem deste par de olhos velhos e cansados. Suas letras passeiam comigo o tempo todo. Começa o ano, e fevereiro serpentina os desfiles a que gostávamos de assistir juntas. Termina a semana, e o telefone toca por volta das cinco da tarde da sexta-feira, você sabe, é Mauro, convidando, junto com Osvaldo e Rita, para a mesa de feltro, a jogatina. Retomamos aqueles nossos encontros no começo da década de 1990, minha amiga. O sinal da hora do recreio da escola vizinha, os gritos e o corre-corre das crianças em direção à quadra, à cantina. É entrar na cozinha e observar o bilhete que eu mesma escrevi e deixei sobre a mesa: loja Vladimir Correa, rua Cambará, 198, Centro. Vinte e quatro metros de tecido para a cortina. Tina, Tina, Tina. A cada vez, meu coração fora do peito. Sempre assim.

Meu desejo mais secreto seria decretar o fim das rimas, todas elas – pobre, rica ou rara –, mesmo que incorrêssemos na perda absoluta do lirismo.

Logo depois de ver seu nome naquela lista de desaparecidos políticos, junto ao de outros jornalistas, professores, estudantes, pedreiros, mecânicos, agricultores, metalúrgicos, operárias, donas de casa, secundaristas – Tina, secundaristas! –, poetas, médicas, escriturários, editores, sindicalistas, pianistas, toda sorte de pessoas vivas e combativas como você. Logo depois que li seu nome, células flores pedras miúdas gotas d'água camaleões filhotes estrelas plânctons asas pétalas átomos todo amor seda óleos a água boa de beber, todos esses elementos se aqueceram rente a meus pés e foram subindo pelos tornozelos, pelo quadril, pelo peito, e quando chegaram à cabeça eu desmaiei.

Recobrando os sentidos, Tina, fui agradecer a quem me ajudou chegar a seu nome. Graças a outras tantas pessoas vivas e combativas, quase sempre familiares que foram atrás de saber por onde andavam nossos amores e por quem, quando e em que circunstâncias as vidas foram interrompidas. Desde esse dia, Albertina, meu barco ficou oficialmente à deriva.

Mas, minha amiga, tenho duas coisas para lhe contar. A primeira a deixará contente: nossa Laura veio me visitar neste ano! Mulher inteligente, sabida e ligeira, exatamente como você. Talvez você lembre que, pouco antes de você me deixar aquela carta no fim de 1972, Laura queria porque queria arranjar um mimeógrafo. Ocorre que nenhuma loja vendia o bichinho sem autorização da polícia, e naquela época eu não entendia muito bem o motivo de um mimeógrafo ser tão perigoso… Você falava: "Zuzu, esse aparelho faz cópias e multiplica sua voz pelo mundo! A voz, às vezes, é tudo o que temos". Tão tola, eu era. Ingênua. Não queria ver, muito menos ouvir o horror. Talvez fosse isso, minha amiga querida. Mas Laura veio, tomou um apressado chá com bolo outro dia aqui em casa, nesta cozinha que tanto nos acolheu, e contou que seus alunos andam agitados. Essa sua filha não ousa pensar em se aposentar, acredita? Ainda dá aulas e, pelo andar da carruagem, dará por muitos e muitos anos. Provavelmente não verei sua aposentadoria, uma vez que meus 84 anos já reclamam algumas dores e esquecimentos. Sorte desses agitados alunos terem uma professora dessa, tão desejosa do ofício da transmissão.

Agora… estes jovens de hoje parecem querer avançar o ponteiro do relógio. Laura contou que o clima anda tenso, Albertina. Falou bem assim: "Tenso". Fico com uma sensação tão dúbia: feliz, por ela ser essa professora maravilhosa que sempre foi, e com medo, justamente por ser professora e saber do que está falando, do que pode vir pela frente. Confesso que ainda fico encafifada: por que, meu Deus, esses jovens têm tanta pressa? Correm agora do que e para quê? Antes era claro, o horror em duas palavras: ditadura militar. E agora? Laura comentou que, se houver algo importante e transformador na sociedade, será por causa dessa garotada. Disse que estão de olhos e ouvidos atentos à questão dos direitos sociais, civis e humanos. Albertina, sua filha fala como você. É a mesma impostação, o mesmo gosto pelas palavras ditas e escritas. Dá uma saudade...

A bem da verdade, a cada vez que vem me visitar, experimento um banquete de informações sobre essa juventude daqui e do mundo. Ela me atualiza dizendo que essa garotada anda se amontoando nas ruas. Tão perigoso! Mas o que pode ser mais perigoso do que o que vivemos quarenta anos atrás, me diz? Talvez, daí, você consiga antever de qual tensão sobre os estudantes nossa Laura fala.

E há outra coisa para contar. Quem sabe você me dá uma boa ideia do que fazer. Ando com o coração apertado, sem conseguir resolver uma situação em que me meti. Há alguns meses, mudaram-se para cá uma menina, os pais e dois gatos, vindos de São Paulo, capital. Parece que os pais precisaram vir por conta do trabalho de um deles, não sei ao certo. São simpáticos, você iria adorá-los. Moram em frente às nossas casas, bem no número 54. Danilo ainda não os percebeu, mas você iria ter com eles logo na primeira semana, eu te conheço.

No início de outubro, poucos meses depois de se mudarem para cá, comecei observar um vaivém do carteiro (agora o Manoel, filho do senhor Nilton, lembra?) para a casa dessa família. Até aí, nada, você vai dizer que eu sei, mas o vaivém da caixa de papelão me deixava curiosa. Sempre o mesmo formato. Sempre recebida, fosse por quem fosse, com certa alegria e curiosidade. A mim, pareciam alegria e curiosidade, mas quem poderá afirmar não é mesmo, minha amiga?

Bem, certa vez a menina abriu a caixa ali mesmo na porta da casa. Albertina! Um caderno relativamente grande, espiral, capa dura, resistente. Dentro, envelopes com cartas, ora colados às páginas, ora numa espécie de bolso de papel; mas também desenhos e pequenos textos feitos diretamente sobre as páginas. Minha amada Albertina. Cartas. Esta menina faz hoje o que fazíamos quando novas. Não estou variando, juro. Você deve se perguntar como sei que eram cartas, envelopes, bolsos de papel, como observei a resistência da capa, a cor da espiral, não é? Claro que esses detalhes não vi de onde eu estava. Fui saber depois. Naquele dia, foi possível saber do caderno relativamente grande e que de dentro dele a menina tirou um envelope. O gesto, a forma como ela tratava a caixa, o caderno, isso mexeu muito comigo.

Ah, Tina. O problema todo foi minha saudade. Quando vi a menina perder alguns minutos olhando o remetente. Virando o envelope de um lado para o outro, sorrindo. Em seguida, examinando-o contra a luz, certificando-se de que rasgaria a ponta oposta do envelope, a extremidade em que não havia o papel de carta, preservando cada letra, todas as palavras, os silêncios, o pulo de uma linha, os nomes, o desenho que a caneta faz no papel, as margens. Minha amiga querida, a menina levava a carta ao rosto e sentia o cheiro!

Eu precisava voltar a sentir esse cheiro. O cheiro das suas cartas. Da nossa troca. Cheiro de amizade. De canela. De bolo quente. Das flores e das dúvidas. Cheiro do conselho doido e do sensato. Cheiro de carinho, Tina. Cheiro de sorriso. De choro, medo e raiva. Cheiro de brincadeira e de suor. De parceria.

Você sumiu tão de repente. E tão de repente escolas, lojas e repartições públicas iam fechando. Professores demitidos. Disciplinas e livros proibidos. Pessoas desaparecidas. Mulheres e homens presos. Assassinados por um governo autoritário, que não foi eleito. Nossa Laura talvez gostasse de ler esta carta, você não acha? Tudo tão esquisito e tão doído.

Foram necessários anos para compreender o que havia ocorrido. Nunca imaginei procurar seu nome em uma lista de desaparecidos políticos. Menos ainda encontrá-lo. Meu desejo era encontrar você em alguma esquina desta cidade, na sua varanda, na minha cozinha, na sala da sua Laura, no caminho para a escola de Cacau e Pedroca, quem sabe até no alto do edifício Bauxita ou no balneário. Fui a algumas inaugurações com a esperança de ver você! Você nunca me contou das dificuldades que enfrentava trabalhando na redação do jornal. Das censuras. Fui saber por alguns poucos colegas seus que se dispuseram a falar anos depois daquele 31 de dezembro de 1972. Eu mesma, Tina. Eu mesma não falava nada sobre seu desaparecimento. Tentava ir atrás de alguma informação, mas as notícias, os diálogos eram muito escassos e desencontrados. Nenhuma carta em minha porta. Fazia só algumas tímidas anotações aqui e ali quando sua falta ficava grande demais. Agora estou na cozinha, onde você tanto me fez companhia, pousando letras neste bloco de papel.

Uma letra atrás da outra, e de repente escrevo sobre certa manhã branca, nublada, muito distinta da paisagem de verão que faz em dezembro aqui em Poços de Caldas. Vi o carteiro chegar com a caixa de papelão, lembro bem, eu o vi tocar a campainha e esperar um pouco, vi o homem bater palmas, dar alguns passos para um lado e para o outro do portão, vi a dúvida, o titubear das pernas, a caixa ainda nas mãos. Vi o carteiro abrir a portinhola e avançar até a janela da sala, chamar "senhorita Olivia Passaredo" duas vezes e, por fim, depositar a caixa na soleira da porta de entrada.

Uma letra atrás da outra, e tomo coragem para desenhar neste papel o P, depois o E, daí o G, o U, o E e finalmente a letra I aparece. Você, que amava soletrar palavras dificílimas para que eu as adivinhasse, já compreendeu, não?

Atravessei a rua e peg...

— Menina Olivia! Que surpresa! O que você e seus primos fazem aqui tão cedo? Deixei o portão aberto?

— Não, dona Zulmira, estava fechado. Pedimos desculpas por entrar sem avisar, mas vimos a porta da cozinha aberta e quisemos perguntar se por acaso a senhora aceitaria ajuda para fazer um bolo de limão. Achamos que aquele que a senhora fez durante a semana já deve ter acabado.

— Ah, crianças queridas. Acabou ontem. E aceito a ajuda de bom grado. Vamos até o quintal? Lá apanhamos limão do pé que plantei há... nem sei quantas décadas.

— Dona Zulmira, posso ir ao banheiro antes? Já alcanço vocês no quintal.

Olivia observou os três se afastarem devagar. Escutou, ainda, dona Zulmira perguntar aos primos algo sobre São Paulo. Estava parada em pé sobre o último degrau que dava acesso à cozinha. Esperou se distraírem com os limões para correr até o *quarto fechado*. Mas, antes de se afastar da cozinha, viu um bloco de papel sobre a mesa, ao lado uma caneta, os óculos fundo de garrafa, um copo de água. Ia tomar o caminho do corredor quando: "Atravessei a rua e peg...". A frase assim, sem terminar, chamou sua atenção. Começou a leitura de trás para a frente: "Você, que amava soletrar palavras dificílimas para que eu as adivinhasse, já compreendeu, não?". Os olhos de Olivia não queriam parar de ler: "Uma letra atrás da outra, e tomo coragem para desenhar neste papel o P, depois o E, daí o G, o U, o E e finalmente a letra I aparece". Mas o que será isso? Dona Zulmira era uma espécie de agente secreto? Escrevia em código?

— Loli, você vem? Estamos quase terminando. — Olivia ouviu a prima berrar lá do pomar.

Parecia que berrava de outra vizinhança, outro tempo, tão baixo chegava aos ouvidos: "Loli, você vem?". Toda a sua atenção estava voltada para outra voz: aquela da carta pousada na mesa. As palavras, mesmo em português, pareciam necessitar de tradução.

— Estou indo, Juju. Parei para pegar um copo de água.

Olivia correu os olhos pela carta. Tentava ler, mas não compreendia. Parecia que os anos de escola não serviam para nada. Loli desconfiava serem duas atividades muito distintas: ler e compreender. Seus olhos iam de uma palavra a outra, saltavam parágrafos. Para quem escrevia? Por que não estava assinada, terminada? A menina era ela? Tina! Aquela amiga da carta que leram no *quarto fechado*. "O problema era a saudade." Saudade de que, exatamente? Como seria um cheiro de choro? Tina tinha sumido de vez? Muitas perguntas flutuavam pela cabeça de Olivia.

De repente, dona Zulmira, Julia e João adentraram a cozinha. Não houve tempo para chegar ao início da carta. Loli, confusa e emocionada, levantou os olhos marejados e encontrou os de dona Zulmira. A senhora meio corcunda e miúda também tinha um rio nos olhos. Zuzu compreendeu o olhar da menina. Andou em direção ao corredor e desapareceu do campo de visão.

Alguns minutos se passaram até que as crianças ouvissem passos. Três longas tábuas formavam o piso do corredor. Estavam dispostas lado a lado, sem encaixe. Zuzu caminhava por cima de alguns veios profundos; colecionava, em cada passo, riscos, marcas, a cor e o tempo. As crianças nos degraus que davam para o quintal. Sentaram-se ali enquanto esperavam dona Zulmira voltar de onde havia desaparecido. Estavam em silêncio. Zuzu carregava uma dessas sacolas de feira com listras coloridas e duas alças de plástico duro.

— Crianças, olhem para cá. Vocês gostariam de fazer quatro bolos de uma só vez? Todos de limão com cobertura de açúcar. O que acham?

As crianças abriram um sorriso largo, tão largo quanto puderam, embora estivessem confusas com a proposta. Zuzu retribuiu o sorriso. Na sacola, dava para ver dois grandes cadernos. Puxou um deles, segurando-o na altura do peito.

— Vocês já viram um verdadeiro caderno de receitas? — perguntou para os três.

"Podia jurar que era o nosso cadireme", pensou Julia.

"Receitas?", Olivia quase disse em voz alta.

— Tem outro caderno, não tem? Será o de vocês? — perguntou João, em voz baixa, para a irmã.

Zulmira, desta vez, não quis apertar o botão para aumentar o volume do aparelho auditivo.

— Vamos seguir passo a passo o que está escrito aqui: bolo de limão com glacê.

Ingredientes: 3 xícaras de farinha de trigo; 2 xícaras de açúcar; 1 xícara de leite; 4 ovos; 1 tablete de manteiga; 1 colher de fermento em pó; 1 pitada de sal;

raspas de 2 limões; manteiga e farinha para untar e polvilhar.

Modo de preparo: bater a manteiga com o açúcar; juntar os demais ingredientes, as claras em neve e, por último, o fermento em pó. Assar em forma untada; desenformar e cobrir com o glacê.

Para o glacê: 1 xícara de açúcar de confeiteiro; 2 colheres de caldo de limão. Misturar o açúcar e o caldo do limão, espalhar sobre o bolo ainda quente e deixar endurecer.

— Seguindo a receita, ao fim desta manhã, cada um de vocês poderá fazer o maravilhoso bolo de limão com cobertura de açúcar quando quiser!

— Quatro bolos, dona Zulmira?

— Isso mesmo, menino João. Pensei assim: um para mim e todas as crianças da rua; outro para a casa da Olivia; o terceiro vocês levam para a casa do pai na rua dr. Galindo Júnior; e o último bolo, fresquinho, fresquinho, pensei em presentear a mãe de vocês no endereço novo, na rua Alegrete.

Nenhum dos três sabia o que pensar, menos ainda o que dizer. Nem qual parte do corpo mexer.

Podiam olhar para o lado? Uns para os outros? Olhar para onde? Como aquela senhora sabia os endereços de Julia e João e como sabia da separação dos pais? Cada um sentiu desconforto num canto do corpo – o de Julia era uma dor de cabeça muito específica e aguda no osso occipital, que sustenta a parte de trás do crânio; Olivia sentiu o mindinho do pé esquerdo repuxar numa fisgada; e a barriga do João começou a doer. Dona Zulmira era incontestavelmente carinhosa, mas o mistério que a embalava confundia e causava arrepios. Era possível gostar e não gostar dela. Confiar e desconfiar.

Zuzu percebeu o desconcerto das crianças. Estendeu os braços em direção a elas, projetando o corpo para a frente até encostar o peito sobre a mesa. Território morno e acetinado de colo de vó. Subitamente, fez dançar os dez dedos das mãos como se quisesse lançar purpurina, estrelas, alguma alegria. Pó de pirlimpimpim.

João, Olivia e Julia, do outro lado da mesa, estavam com a palma das mãos para cima, curiosamente uma ao lado da outra – uma, duas, três, quatro, cinco, seis mãos, de oito, onze e doze anos de idade. O que faziam receptivas daquele jeito? Os braços estendidos das crianças lado a lado; as palmas alinhadas. Seriam remos daquele bote *Zuzutina*? Galhos do limoeiro do quintal? Estendidos, braços e mãos estavam prestes a tocar a linha imaginária que demarca o território vizinho de dona Zulmira, aquele que aproxima tempos, mundos e idades.

Zuzu pegou a mão de cada criança, uma por vez, e acomodou sobre a sua. Parecia um pilha de cartas ou uma montanha de travesseiros macios. Gotas de suor passavam da mão de um à de outro até chegar à de dona Zulmira. Permaneceram assim, por um tempo, calados.

— As meninas se lembram de quando me perguntaram sobre uma amizade muito preciosa e antiga que eu tinha? Eu respondi que era uma longa história e que não tínhamos a tarde toda, quem sabe um dia... Tenho a impressão de que o dia chegou.

— Podemos fazer perguntas, dona Zulmira?

— Claro, menina Julia.

— Todas as que passarem pela nossa cabeça?

— Não sei se saberei responder, mas podem perguntar, sim.

— Todos os porquês?

— Acredito que sim, Olivia. Agora mesmo, sou eu que tenho um porquê: por que me perguntam isso?

Zulmira está doce, apoiada na cadeira, de frente para os três. Julia busca o olhar da prima e, quando alcança, diz apenas movendo os lábios: "Meu sonho". As duas olham debaixo da mesa e veem sandálias nos pés daquela senhora, não botas pesadas e inadequadas para lidar com grãos de areia.

Elas sorriem. João sorri.

— É — diz dona Zulmira —, tenho mesmo a impressão de que o dia chegou e, assim, poderei contar duas histórias entrelaçadas uma na outra: a minha e a de vocês.

Agradecimentos

Através de canais imprevistos e sensíveis – para usar expressão de Annie Ernaux – e funcionando como vasos comunicantes, agradeço de coração inteiro a Thais Rimkus o processo parceiro, acolhedor e criativo desde a entrada do texto nessa casa editorial ao livro pronto. A Ivana Jinkings, agradeço o sorriso ao abrir a porta. Obrigada a Tulio Candiotto e as pontes interessantes. Obrigada a Isabella Marcatti por sua leitura encantada. A Dri Pereira pelo pontapé inicial para a Boitatá. A Veridiana Scarpelli, que propôs essa capa incrível. A Zeco Montes, obrigada pela conversa sincera e fundamental. A Rita Aguiar por sua leitura crítica e tanto, tanto mais. A Elisa Band e Lu Chnaiderman pelos dias de revisão em M. Lobato. A Mari Machado, que me deu a receita do bolo de limão. A Luiza Campos, obrigada pelo alargamento audiovisual. Ana Marques, Carol Rodrigues, Fefe Machado, Felipe Arruda, Julia Rosemberg, Marcilio Godoi, Re Zapata e Rapha Guedes – meus amores djalmas. A Raquil Lange, já na primeira versão, *Cartas de menina*, em 2014. Ao Marcello, pelo entusiasmo! A minha mãe, Antô, agradeço a leitura, curiosa desde o início. A Marina, filha minha, obrigada pelo prazer que dizia sentir quando me ajudava com o texto. Joaquim, filhote, lhe agradeço cada ideia que contribuiu à construção de João.

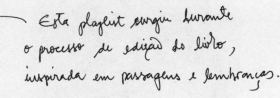

Esta playlist surgiu durante o processo de edição do livro, inspirada em passagens e lembranças.

Eu me chamo Tatiana Filinto e nasci no século passado, em 1973, na cidade de São Paulo. Adoro dizer: "século passado". Gosto muito das pontes entre tempos e mundos. Já contava, lia e inventava histórias para crianças desde o começo dos anos 1990, quando, caminhando numa praia bem longe daqui, longe mesmo até do Brasil, tropecei na narrativa inteirinha do meu primeiro livro-álbum. Estava ali, em forma de ilha, o segredo que eu queria partilhar.

O segundo livro veio picado: ouvindo uma autora falar de seu romance, comecei a juntar anotações em pedaços de papel, envelopes, páginas e páginas de caderninhos que levava dentro da bolsa. A cena de infância da escritora acabou nutrindo a pesquisa da história que gostaria de contar. Do terceiro livro, lembro que o título saltou bem na minha frente durante uma sessão de análise (sou psicanalista também); dali pro texto, foram inúmeras escritas e reescritas até o menino personagem desencontrar seu rumo. Para mim, as histórias estão por aí o tempo todo, e eu continuo escutando e escrevendo textos retirados do que percebo do mundo, interessada no que faz festa, no que neblina, no barulho que há dentro de cada um.

Publicado em novembro de 2023, este livro, que começou a ser escrito em 2014, atravessou uma separação; experimentou uma casa virar duas; viu um golpe surgido dum grande acordo nacional, com o supremo, com tudo; viu o assassinato da vereadora Marielle Franco; acompanhou a frágil democracia brasileira na UTI durante o governo Bolsonaro; fez uma pausa por conta de uma queimadura de segundo grau nas pernas e nos pés; atravessou a pandemia de coronavírus; e foi atravessado pela perda de um pai. Foi também, junto com tudo isso, palco de tantos bons encontros. *A misteriosa história do ca.di.re.me.* foi composto em Revival565BT, corpo 13/19,5 e impresso em papel Pólen Natural 80 g/m^2 pela Rettec para a Boitatá com tiragem de 2 mil exemplares.